扳手阿淡

扶青新世代
引領潮未來

從扳手工到文化人

一九九七年廣州市勞動局批文，同意台灣中佑公司配套製造起重機，可蓋台灣公章報裝；二００一年在申辦「製造許可證」中，吳江質監局允許產品可販售～惠台鐵的事證。

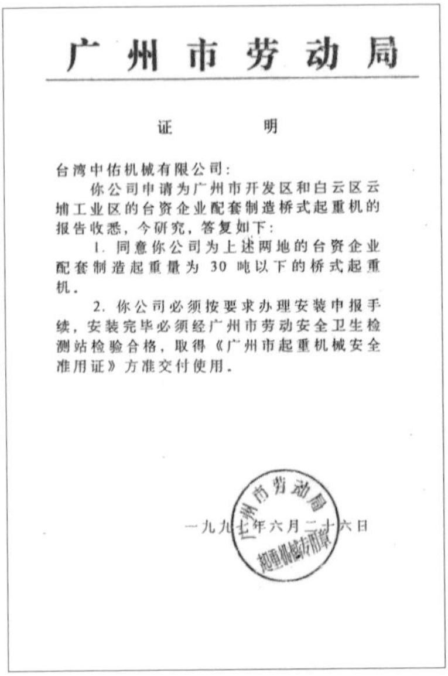

广州市劳动局

证　　明

台湾中佑机械有限公司：

你公司申请为广州市开发区和白云区云埔工业区的台资企业配套制造桥式起重机的报告收悉，今研究，答复如下：

1. 同意你公司为上述两地的台资企业配套制造起重量为 30 吨以下的桥式起重机。

2. 你公司必须按要求办理安装申报手续，安装完毕必须经广州市劳动安全卫生检测站检验合格，取得《广州市起重机械安全准用证》方准交付使用。

一九九七年六月二十六日

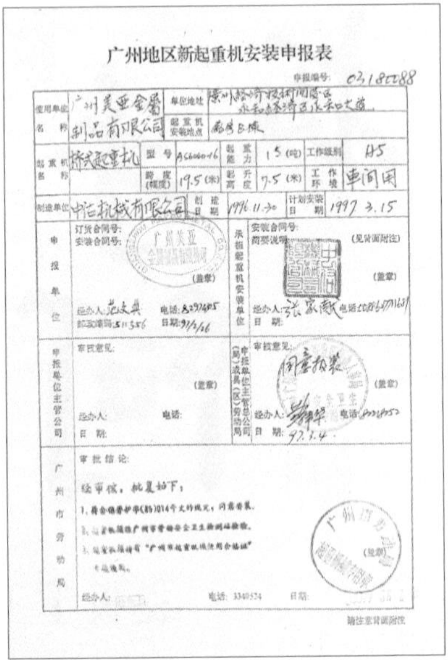

广州地区新起重机安装申报表

申报编号：03180088

使用单位名称	广州美亚金属制品有限公司	单位地址	广州经济技术开发区永和经济区永和大道				
		起重机安装地点	厂房B栋				
起重机名称	桥式起重机	型号	AS60046	起重能力	15（吨）	工作级别	A5
		跨度（幅度）	19.5（米）	起升高度	7.5（米）	工作环境	車间用
制造单位	中佑机械有限公司	制造日期	1996.11.30	计划安装日期	1997.3.15		

申报单位：订货合同号：安装合同号：（盖章）经办人：范文典　电话：8297405　邮政编码：511356　日期：97/2/26

承担起重机安装单位：安装合同号：简要说明：（见背面附注）（盖章）经办人：张家徽　电话：

申报单位主管公司：审批意见：（盖章）经办人：　电话：　日期：

申报单位主管总公司（局）或县（区）劳动局：审批意见：同意报装（盖章）经办人：　电话：　日期：97.3.4.

广州市劳动局：审批结论：

经审核，批复如下：

1. 符合穗劳护字(85)014号文的规定，同意安装。

2. 安装机须经广州市劳动安全卫生检测站检验。

3. 安装机须持有"广州市起重机械使用合格证"方能使用。

（盖章）经办人：　电话：3340524　日期：

请注意背面附注

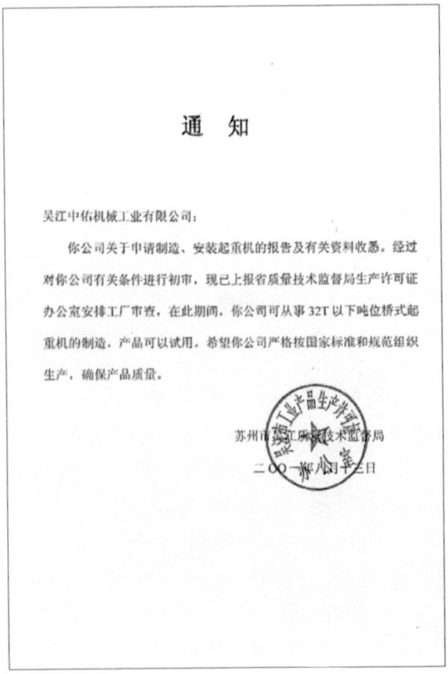

通　知

吴江中佑机械工业有限公司：

你公司关于申请制造、安装起重机的报告及有关资料收悉。经过对你公司有关条件进行初审，现已上报省质量技术监督局生产许可证办公室安排工厂审查，在此期间，你公司可从事 32T 以下吨位桥式起重机的制造，产品可以试用。希望你公司严格按国家标准和规范组织生产，确保产品质量。

苏州市吴江质量技术监督局

二〇〇一年八月十三日

中华人民共和国
特种设备制造许可证

Manufacture License of Special Equipment
People's Republic of China

（起重机械）

编号：TS2410086-2007

单位名称：吴江中佑机械工业有限公司

制造地址：江苏省吴江市滨湖经济开发区松陵镇清树湾

经审查，获准从事下列类型起重机械的制造：

门式起重机、桥式起重机

具体的设备级别、型式、型号/参数见明细表。

审批机关：江苏省质量技术监督局

有效期至：2007 年 10 月 9 日　　发证日期：2003年10月10日

国家质量监督检验检疫总局制

台灣人物傳記「扳手翻轉人生 耀動時尚」二〇二二年舉辦本書手繪水彩創作展，國台辦、海協會、北京大學發來賀函，促成《扳手阿發》影視發展系列發行。

国务院台湾事务办公室

贺 函

欣闻国学文化艺术基金会在台北举办台湾青年插画家手绘插画水彩创作展开幕式暨新书发表会，谨向张家献会长及各主协办单位表示衷心祝贺！

家献会长与国学文化艺术基金会致力传承中华优秀传统文化、促进两岸交流合作，参与举办两岸文化交流活动，为增进两岸同胞感情、弘扬中华优秀文化、促进台湾同胞了解大陆，作出了积极贡献。相信“扳手阿发”的故事，会给台湾同胞特别是青年朋友带来新的认知和启迪。

望贵会与台湾各界有识之士继续携手努力，推动两岸交流合作，增进同胞心灵契合，共同促进中华文化固本开新，在民族复兴伟大进程中焕发新的光彩。

国务院台湾事务办公室交流局

2022年[illegible]月1[illegible]日

海峡两岸关系协会

贺 函

财团法人国学文化艺术基金会：

欣闻贵会将于2月19日举办《扳手翻转人生 耀动时尚》新书发表会暨插画展，我会谨向贵会和张家献会长致以诚挚祝贺！

中华文化是两岸共同的根与魂，是维系两岸同胞的精神纽带。贵会秉持创会宗旨，致力于弘扬中华优秀传统文化，为推动两岸文化艺术交流合作，做了大量卓有成效的工作。相信此次新书发表和展会活动，将对台湾同胞增进对祖国大陆的了解，增强共享大陆发展机遇的信心产生积极作用。

希望贵会继续为传承中华优秀传统文化，深化两岸融合发展，增进两岸同胞心灵契合作出积极努力。

顺致

春祺

海峡两岸关系协会

2022年2月16日

北京大學

PEKING UNIVERSITY

賀 函

尊敬的國學文化藝術基金會會長張家獻先生：

我謹代表北京大學臺灣研究院熱烈祝賀國學文化藝術基金會舉辦《扳手反轉人生 耀動時尚》插畫展開幕式暨新書發表會！謹向到場的各位貴賓和朋友致以誠摯問候，向籌備和舉行活動的臺灣師範大學德群畫廊表示衷心感謝！

《扳手反轉人生 耀動時尚》這本書以臺灣人阿發的視角，講述其是如何從扳手工轉變成文化人，並在大陸成功創業脫貧的精彩故事。兩位年輕有為的插畫家通過三十餘張插畫，簡潔明瞭地將阿發的故事增添了許多鮮活的色彩，既能夠幫助讀者認識臺灣和大陸的一些標誌性建築以及風土人情，又在跟隨阿發成長的過程中不斷加深臺灣同胞特別是青年對大陸的認同感。

希望插畫展開幕式暨新書發表會能進一步加深兩岸同胞間的理解，瞭解大陸對臺的福利政策，增進兩岸同胞心靈契合，讓更多臺灣青年能夠打破桎梏，在共用大陸文化事業發展機遇中發揮所長、實現夢想，共同促進實現中華民族偉大復興。

預祝《扳手反轉人生 耀動時尚》插畫展開幕式暨新書發表會取得圓滿成功！

北京大學臺灣研究院院長、教授

李義虎

2022年2月7日

【邀請函】

— 第一本台灣人在大陸創業脫貧的書 —

扳手翻轉人生 耀動時尚

林佩儀（橘枳）、Grace Chiu手繪水彩創作展

地點 台灣師範大學德群畫廊（台北市大安區師大路1號）

展覽期間 2022.02.19-2022.02.24

開幕日期 2022.02.19(六)下午14:30

劇情概述

《扳手阿發》影視發展系列，改編自台灣傳記「扳手翻轉人生 耀動時尚」，作者張家現，身為外省第三代，祖籍江西，出生成長於台北，豬屠口蘭州國宅是張家現的人生起跑線，他勇闖大陸成功脫貧的過程，並以台商異鄉人見證了兩岸三十年的政經文化流轉；除了是個人創業史，更是數十萬台商白手起家的寫照，是記錄台灣人在大陸創業脫貧的勵志寫實巨著。

故事發生在二〇二一年，台北潮流時裝周發表會，雅禮學院服裝設計系的同學孫寶、嚴浩、柳依華、路仁嘉帶著老師王立廣前來觀摩，立廣老師是一位生活潦倒，無所做為得過且過，被學生看不起的頹廢教師。

曉東是張阿發的兒子，英國聖羅蘭潮流與藝術學院畢業，開著跑車前來朝聖，當天路上與于恕產生擦撞衝突，叫來道路救援陳藍青，化解了雙方糾紛，原來藍青也是雅禮學院的學生，與母親相依為命，母親罹患白血病，藍青只好四處打工籌措醫藥費。

張阿發也來到發表會現場，似乎與品牌有著深厚關係，當他遇到王立廣，再次激起他的回憶，原來他與立廣是長大的兒伴，王立廣住在大稻埕生長在富貴人家，學生時代救過張阿發，成為好友。阿發高中被退學之後，在酒店當服務員，立廣帶著包商在酒店捧場，因假冒簽單害阿發被西門町舞廳圍事打斷手，同時初戀女友嫁給立廣，從此兩人不相往來。

一九九六年阿發前往廣州創業，台商西進給予許多惠台政策，阿發十年後成功地脫貧，回台致力兩岸文化交流，藉由潮牌 MF 舉辦扶青設計大獎，找尋恩人吳董，吳董當年在大雨中救了觸電的阿發，也牽成日本神內的代理。

一九九九年吳董與阿發合夥公司，但因孫偉收索廠商回扣，而與吳董拆夥，阿發帶著孫偉北上另闢疆土；吳董年輕時與阿發有約定代號 KGB，當在 MF 第三關舞藝風采跳出胡旋舞：曉東這組流量大幅超前，劇情反轉來自網友 KGB 留言「連安史之亂都出來了，DBG 能贏嗎？」

孫偉因為欠地下錢莊龍哥高利貸，而且長期被阿發指責，為了還錢，龍哥提議利用馬來西亞商投資案，來設計阿發，來到台中某酒店行政套房，龍哥用了一份假合同勒索阿發，一番周旋，被對方施暴毆打搶走手機，索性阿發機警的逃脫回到台北比賽現場。

阿發及時趕在第三關評決前回到會場，看到了 KGB 留言，阿發赫然發現比賽的兩隊當中有可能是吳董女兒，四處尋找，但被工作人員拉回到頒獎現場……

潮牌 MF 扶青設計大獎活動幕後來自一個慈善基金，最後才知道此基金贊助人原來是張阿發。

自序

二〇二一年出版的《扳手翻轉人生耀動時尚》，因疫情延至今年二月，我以國學文化藝術基金會為這本書的插畫家舉辦水彩展，當天美術、文化、學術、時尚、影視五大領域的朋友共同與會；北京發來賀函，國台辦文函特別提到～相信《扳手阿發》的故事，會給台灣同胞特別是青年朋友帶來新的認知和啓迪；而我的論述「脫貧影劇可破台青對兩岸關係的迷思」不但引起兩岸影視界的關注，更吸引星之國際董事長許若薇強烈使命感，要將原著改編製作成影集。

《扳手阿發》是影集同名小說，時間軸從一九八七年貫穿到二〇二一年，劇情橫跨兩岸，是一個時代的縮影，劇中主角阿發為外省第三代，台北豬屠口人，祖籍江西，勇闖大陸獲得關鍵機遇成功脫貧，改善家庭過上好日子，也娶了東北姑娘為妻，為了小孩教育，毅然轉讓大陸事業，回台後致力於兩岸文化交流，《扳手阿發》講述一個平凡扳手工變身為文化人尋恩的故事，並且加入了校園年輕男女為贏得扶青設計大賽優勝，融入強烈的親情、友情、愛情、坎坷、叛逆、奮鬥、競賽、潮流時尚及中華文化等多項元素。文化源於一中，台灣與大陸，就像相隔的兩顆樹，看似遙遠其實根是連在一起的，樹遠根連。

台灣知名演員謝承均、謝祖武及王振復領銜飾演《扳手阿發》影集中三大男主角，從年少兜兜轉轉牽扯了三十多年。在面對友情、愛情、現實生活的人生，各有不同的命運交織及糾葛，劇情豐富性以及人性曲折，挑戰性很高，演員力求表現，卯起來較勁尬戲。

知名導演連春利在短短五個月，從編劇、選角到選景製作，第一季就拍攝完畢，堪稱極具意義的指標型全新作品，此劇由潮玩學苑出品，星之國際製作，將於OTT平台放映；潮玩學苑董事長戴爾芙看好影音產業，疫情時代改變人們的生活習慣，封城宅在家網路成了唯一平台，原本年青人就高度依賴互聯網，開始有了大量的影音串流，這個趨勢將有十年龐大商機。

一九九六年及二〇二二年台海重大軍演，兩岸緊張互不對話，台青對大陸有些誤解，究竟從改革開放以來大陸對台灣人提供幫忙，還是台灣對大陸有所貢獻，恰巧這本小說以阿發的視角，讓真實事件來呈現，感人勵志，成為在情感面是故事裡最重要的部分。雖然愛情元素的目標觀眾廣，但目前虛構的太多。親情元素是百年不敗，交織親情與自我實現的故事，在時代變遷的歷史背景中看見社會底層。

「扳手阿發」只是開始，說好中國好故事，期待更多台商朋友親身脫貧的經歷，來激勵年輕人不要躺平，人生難免遇到挫折，勇敢面對戰勝難關。《扳手阿發》第一季故事未完待續，精采可期。

張家現

二〇二二年九月於台北

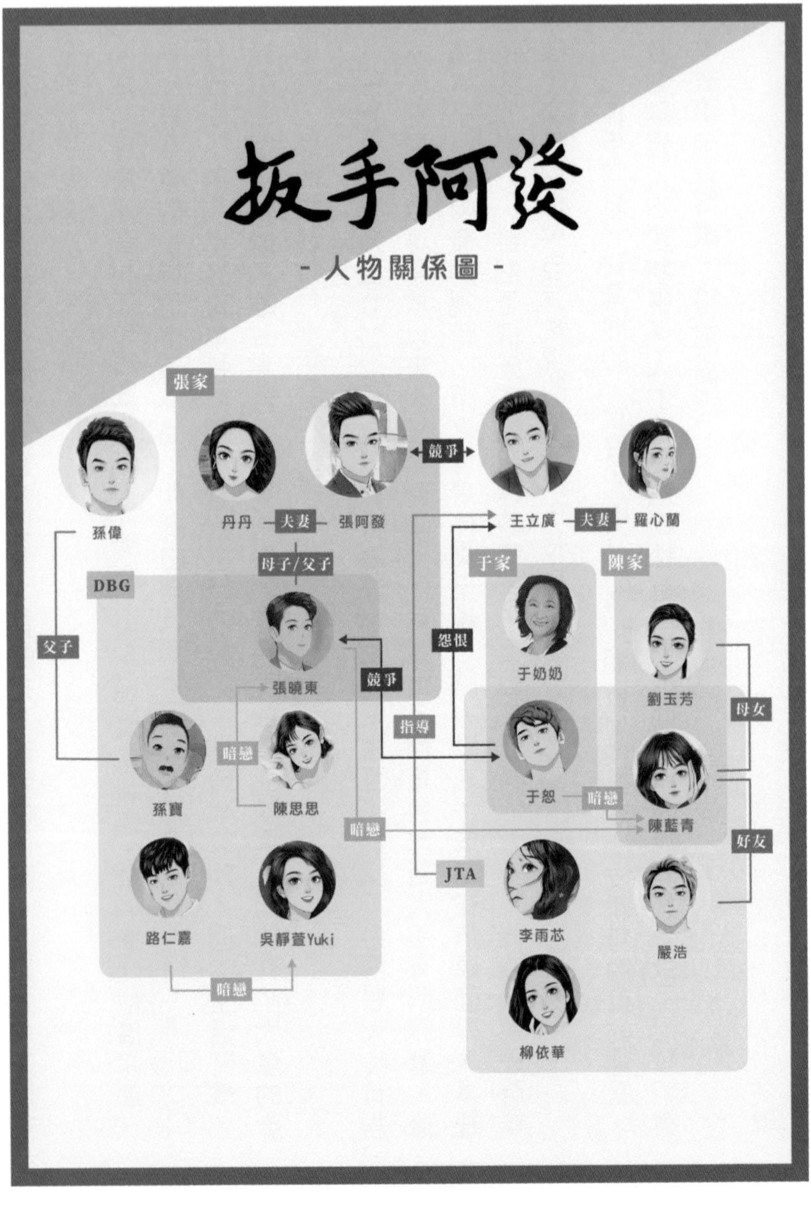
扳手阿發
- 人物關係圖 -
張家
孫偉
丹丹
夫妻
張阿發
競爭
王立廣
夫妻
羅心蘭
母子/父子
DBG
父子
張曉東
競爭
指導
怨恨
于家
于奶奶
陳家
劉玉芳
母女
孫寶
暗戀
陳思思
于恕
暗戀
陳藍青
暗戀
好友
JTA
李雨芯
嚴浩
路仁嘉
吳靜萱Yuki
暗戀
柳依華

人物角色介紹

張阿發 男 五十歲 文化藝術策展人

成長於台北豬屠口的江西人在台第三代。中年帥氣時尚，惜情念舊，重承諾守信用，出身貧寒不向命運低頭。周到意氣，豪氣干雲。

小時候寄養在阿嬤家，在麵攤洗碗度過童年，高二輟學在酒店當了六年服務員。一九九六年拿著母親湊來著二十五萬，勇闖大陸販售天車設備，在大陸的機遇成功脫貧，成為事業有成的科技台商。返台後轉進藝術界成為兩岸文化策展人，開創出全新的藝術交流區塊，並考進台灣師範大學十四個月碩士畢業，為了貢獻所能，啟動扶青計劃，並且尋找當年提攜的貴人。

《扳手阿發》影集飾演張阿發的台灣知名演員謝承均

在初次收到《扳手阿發》的演出邀約時，製作人就向我講述了阿發的故事。從那時起，我就對「阿發」非常好奇；一個在阿嬤麵攤幫忙洗碗的孩子，如何由基層的扳手工人做起，一步一腳印，成為無塵室起重機業界第一人？甚至後來跨足藝文界，當起文化策展人！

我在拍戲前和阿發本尊——家現見面、交流。越了解家現，越能發現「阿發」的多樣性：不同人生階段中的不同體驗、態度和價值觀，卻無不體現了人在艱困環境中成長的堅韌。

從一開始的自傳《扳手翻轉人生 耀動時尚》，影視化的影集《扳手阿發》，到今日的同名小說，阿發的人生崎嶇而有意義，更帶給家人、朋友甚至整個社會的正能量！絕對是值得支持的系列作品！

謝承均

王立廣 男 五十歲 雅禮學院教員

從小有設計天賦，但個性懦弱沒有擔當，年輕時是個瀟洒文青。

台北大稻埕富貴人家的紈絝子弟，年輕時上酒店偽簽酒帳，害阿發手被打斷，因不誠實認錯，從此兩人絕交。立廣父親為建築公司老闆，立廣配套開設人力仲介公司，當父親事業破產連帶人力公司倒閉積欠工人工資。二〇〇七年一場車禍失去妻子羅心蘭，利用妻子保險金解決了債務，從此生活潦倒，在雅禮學院當一名落魄教師，被學校指派擔任MF扶青設計大賽JTA隊的指導老師。

《扳手阿發》影集飾演王立廣的台灣知名演員謝祖武

雖然我在《扳手阿發》中飾演的「王立廣」，和我過去知名的角色一樣，是個老師，但在個性上卻是天差地別。立廣特別深沉陰鬱，人生的挫折和打擊讓他一蹶不振，直到遇見阿發。原著作者家現透過立廣這個角色，呈現了另一種有別於阿發的人生樣態和旅程。

不一樣的角色有不一樣的詮釋方式，在飾演立廣的過程中，立廣也教會我許多。最重要的是，幸福不會突然到來，人跌倒了，就要想辦法自己爬起來。雖然阿發和立廣不同，但他們恰恰是從兩個面向體現了正向面對生命的必要性。

《扳手阿發》就是一部這樣由真人真事改編的勵志影集，如今要推出的同名小說更是精采可期！

孫偉 男 四十八歲 雅禮學院家長會會長

巧言令色油嘴滑舌，逢迎拍馬喜收紅包，但敢做敢當勇於認錯。

年輕時與張阿發同為酒店少爺，二〇〇〇年到廣州投靠阿發，但本性難改收受廠商回扣，導致阿發與合夥恩人吳董拆夥。隨阿發到吳江發展，孫偉管理不當導致工人鬧廠，孫偉要求到昆山開餐廳，阿發派助理李媛協助管理，但孫偉與李媛觸犯了道德底線，阿發震怒，命令孫偉回去台灣。孫偉回到台灣因生活困苦在紅包場駐唱，阿發於心不忍，再次資助開了炸雞店，因為常送雞排給學校，當上了家長會長。

《扳手阿發》影集飾演孫偉的台灣知名演員王振復

人們常說人生如戲，戲如人生。

「扳手阿發」當然也不例外，人生不如意十常八九，也無十全十美。

「扳手阿發」不單單是一個人的歷練。寫成一本自傳，拍成一部戲，從窮困到脫貧，從學成到發揚，從無名小卒到成功人士，更是我們在這一生當中起承轉合的借鏡。

一個人的成就，不在於擁有多少財富，而是在於感恩知否以及做人的態度。

謝謝「扳手阿發」願意赤裸裸的與讀者分享歷程，相信讀者們也會慢慢品出「扳手阿發」如何發揚推廣，中華傳統文化，以及潮流時尚品牌交流。

王振復

胡丹丹 女 四十六歲 張阿發之妻

遼寧海城市人，遼寧大學法律系畢業。身材高挑，熱情大方，與人和諧，出身書香門第，與張阿發相識於和平飯店招商說明會上。

丹丹為人磊落颯爽，內涵豐富。婚後，丹丹憑自己能力經營昆山餐廳度過生意難關，兩人恩愛有加，育有曉東和樂樂一子一女，長期以來支持阿發文化交流工作。MF比賽結束後，與曉東回到北京與妹妹樂樂相聚，當一帶一路世界宏觀，提供了思路給阿發，是情系絲路舞台劇的幕後推手。

羅心蘭 女 三十三歲時 車禍過世

年輕時貌美，個性溫柔婉約，善解人意，喜穿花洋裝，頭戴髮箍，笑容甜美，招人喜歡，嫁給王立廣賢慧持家。

羅心蘭、張阿發、王立廣從小一起長大，三人關係微妙，心蘭愛慕有才華的立廣，在一次的酒後傾訴而結成連理；二〇〇七年懷孕，在腹痛下，立廣開車送往醫院途中，發生車禍一屍兩命，香消玉殞。離世前，曾寫了一封信救助張阿發，十多年後阿發才打開了這封信，放下心結，決定鼓勵立廣重新振作成為品牌時尚界導師。

于恕 男 二十一歲 學生團隊 JTA

主觀意識與個人獨特審美觀強烈，說話一針見血不討喜，于恕七歲時父母親於車禍過世，從小與奶奶相依為命，隔代教養的于恕，憤世嫉俗於校園內鬥毆因此保護管束，之後轉進雅禮學院就讀，為分擔家計，隱身在網路替人修圖，是傳聞中的「神之手」。于恕一直誤認救他的人就是為害他全家的兇手，直到多年後社會局解開真相，才知立廣原來長期資助他生活，才化解仇恨；于恕組成 JTA 戰隊參加 MF 扶青大賽，在潮玩學苑平台下，與陳藍青經營自有品牌，成功脫貧。

陳藍青 女 二十歲 學生團隊 JTA

率真耿直善解人意，五官立體身材高挑，穿著工作服的女漢子；父親為天車師傅，在父親過世後與母親相依為命，藍青為了治療母親白血病辛苦打工，得知 MF 扶青設計大賽有一筆獎金加入于恕組成的 JTA 隊，當阿發找到藍青時，發現原來藍青父親與阿發有深厚的淵源，也因此提供了醫療資源，讓藍青能專心參加比賽發揮所長，在網路霸凌事件之後，丹丹認藍青為乾女兒，而在第三關舞姿風采跳出了年輕人最潮的街舞，取得勝利，同時與于恕推出了自身品牌 JTA。

嚴浩 男 二十一歲 學生團隊 JTA

比一般男孩更體貼細膩，興趣是cosplay，專長是做造型以及服裝裁剪，綽號『魔術師』。

由於心思細膩又常出角色，被認為總是穿著奇裝異服而遭到同學嘲笑，他也因此在校園受了好一陣子的霸凌，幸虧有陳藍青出手相救，從此兩人成了莫逆之交。除了陪藍青談心、為她出謀劃策，嚴浩最常做的事就是和同好們一起參加cosplay活動。在藍青和于恕的邀請下，加入JTA團隊，是于恕之外的第二主力。

柳依華 女 二十歲 學生團隊 JTA

小名『柳柳』，個性溫柔善體人意，擅長打版裁縫，卻總是對自己沒信心。

每當團隊起爭執時，總是柳柳出面說和，她就像個賢慧的管家婆，經常自己動手做便當，準備點心飲料，溫柔照料每個人的需要。JTA隊的隊員為她取了個『柳一眼』的綽號，因為她往往只看設計圖一眼，就能做出最完美的版型。在比賽的過程中，透過無數次的溝通、交流以及和隊員的相處，柳柳也終於在團隊中找到屬於自己的位置。

李雨芯 女 二十歲 學生團隊 JTA

外型甜美，孤單叛逆的少女孤單叛逆的少女，加入團隊，其實是為了尋找能相交的朋友。

個性孤僻，獨來獨往，但對於事物判斷公正客觀，當眾人批判立廣老師，唯有雨芯挺身維護老師。由於其精準的車縫技術，引起于恕及陳藍青的注意，主動邀請她加入 JTA 團隊。故作斤斤計較的雨芯，告訴自己是為了賺錢才勉為其難加入團隊，卻因逐漸感受到團隊成員的友誼，心生動搖。

張曉東 男 二十歲
英國聖羅蘭潮流與藝術學院畢業
校外團隊 DBG 隊

張阿發之子，高富帥，個性陽光開朗樂觀，喜歡藝術美學，繪畫功力一流，16 歲時留學英國，但是對服裝設計其實毫無興趣，夢想成為電競選手，在父親的要求下，成立了 DBG 戰隊，參加 MF 扶青服裝設計賽，在競賽的過程中喜歡上陳藍青，最後與思思成立了動漫團隊，為情系絲路舞台劇做背景動漫，並且以動漫弘揚部落文化，在元宇宙裡建構了中華文化合作示範區發行 NFT。

陳思思 女二十歲

英國聖羅蘭潮流與藝術學院畢業

校外團隊 DBG 隊

超乎年齡的氣場與高手，彷彿貴族化身的美貌與氣質，心思縝密，刀工一流；生母為泰雅族文史傳承人，思思從小暗戀著張曉東，甚至為了曉東同時考進了英國聖羅蘭潮流與藝術學院。外表看似高冷，但總打理曉東的生活瑣事，在情系絲路公演慶功宴上被繼母當眾羞辱，思思決定回到部落尋找生母，當她離開時曉東才知道思思對他是如此的重要，最後曉東與思思以動漫弘揚部落文化。

孫寶 男二十歲 校外團隊 DBG

雅禮大學家長會長孫偉之子，吃喝玩樂樣樣精通，個性浮誇，對高位者逢迎巴結，看似是個利己主義者，其實本性仍是善良的。孫寶與張曉東是兒時玩伴，從小父親就灌輸他利己的觀念，教他必須用手段才能得到優勢，踩著別人往上爬，因此養成他愛佔便宜的個性，有點小投機。在團隊中負責情報蒐集，常常想出些鬼點子，讓眾人又好氣又好笑。雖然孫寶看起來總是對曉東拍馬屁，實際上卻是團隊中最真性情的人，生氣也好、開心也好，都是在最前線，說到吃東西更是跑第一名。

Yuki 女二十七歲 校外團隊 DBG

有甜心美女之稱，在網路中極受歡迎，氣質優雅，擅長音樂及舞蹈。

Yuki 之前在日本舞蹈學院留學，為她的表演能力打下了很強的基礎。回台後 Yuki 用心經營的自媒體，平時發佈穿搭貼文或 ootd 動態，也時常直播，累積了不少粉絲，偶爾也會接平面服裝雜誌拍攝的工作。在團隊中擔任模特兒和宣傳，姣好的容貌和出眾的氣質為 DBG 吸引了不少觀眾。然而看似意外被招入團隊中的 Yuki，其實也有個讓人意想不到的秘密。

路仁嘉 男二十歲 校外團隊 DBG

個性害羞自閉手腳笨拙，卻擁有照相機般記憶能力的書呆子。在外人眼裡看來，就是個典型的宅男，而且還是個動漫宅，迷戀 2D 美少女模型，經常偷偷幫娃娃做衣服，偏偏他運動神經不發達，手指極度不靈活，總是笨手笨腳的，系上因為名字的諧音替他取了個綽號：『路人甲』。由於一直愛慕著 Yuki，在得知 Yuki 加入 DBG 後，一改先前不願比賽的態度，加入了 DBG 隊。運用自己超強的記憶力以及腦袋中的資料庫，幫助隊伍激發討論。

MF 海選入圍

于恕與陳藍青參照徐悲鴻愚公移山圖
創作出《向偉大者致敬》　下圖

張曉東與陳思思取得陳朝寶英雄美人圖
繪製成《唐代文藝盛世》　右圖

第一關 翻轉圖騰

將圖畫中挑選人物結合隊名成為 LOGO
向偉大者致敬 JTA
唐代文藝盛世 DBG

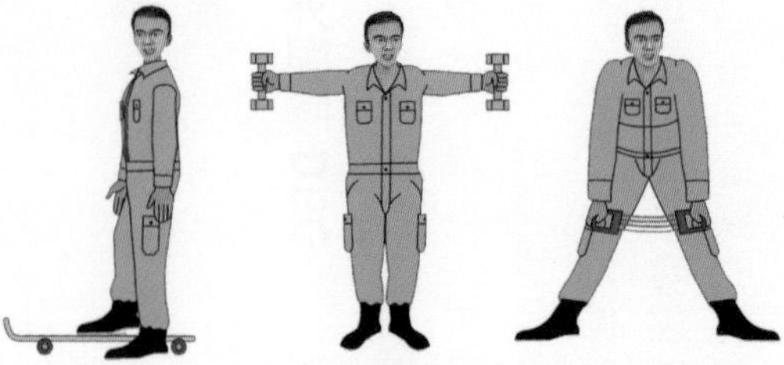

JTA

DBG

第二關
耀動時尚

將 LOGO 與衣料
結合成為可穿搭
的服裝

JTA　時尚潮服
DBG 機能舞衣

第三關
舞藝風采

將所設計的衣服
以流行趨勢
結合舞蹈決勝

JTA　街舞
DBG 胡旋舞

PK

目錄

第1章　酒店人生

少年時

十七歲的青春歲月，你正在幹甚麼？
迷惘、困惑，裝酷、耍帥……
六零年代，要嘛努力求生存，要嘛等著被淹沒，
有些人在他的生長環境中一路被推著走鋼索，
連猶豫的時間都沒有，
冒著險一路顫顫巍巍，卻又全神貫注，抵達鋼索的那一端，
安全降落。

像張阿發這種出身龍蛇混雜的「豬屠口」，貧窮但高大英俊，腰身軟姿態低臉皮厚，眼力好觀察力敏銳，整天都想著如何賺錢改善家計，能從[註]八大行業的人生試煉場，習得一身功夫安全下莊的應該少之又少！

註：八大行業：視聽歌唱業、理髮業、三溫暖業、舞廳業、舞場業、酒家業、酒吧業、特種咖啡茶室業。

在八大行業娛樂場所，夜夜笙歌，迷醉百態人生環境中，「權與利」的主宰每天都在上演，阿發很早就看懂權力這個詞的魅力，人性的冷酷和獸性導致的醜惡與貪婪，如餓虎飢鷹或掠奪成性的蟲子伺機而動，一不小心可能就會被啃噬，最重要的是你有沒有堅守善良本性，不忘初心。

那時有一個做飼料生意的酒客跟阿發說了一段話，語帶玄機，眼神深不可測：

「我是研究「雞」的，不但會學雞叫，還知道雞的種類，雞的生活起居，小雞、公雞、母雞等」又說「雞不會背叛人，只有人會吃人，這個功利社會，要很小心，尤其是身邊的朋友。」

這句話很有哲理，一語雙關，含意很深奧，阿發直到很多年後才參透。

在酒店工作大家表面和諧，其實彼此勾心鬥角，心懷鬼胎；不管男女，每人背後都有一段不為人知的故事，簡單的說，在這裡大家都是為了生存。有的人貪得無厭奸詐狡猾，有的人會爲了達到目的而不擇手段。

阿發有兩個年輕就認識的朋友，兜兜轉轉牽扯了三十多年。

能言善辯的孫偉是阿發在西門町歌屋 KTV 當領班的時候，應徵進來一起工作的同事，他個頭不高但很陽光，有點油腔滑舌，但個性圓融很重義氣，因為工作關係與阿發在林森北路德惠街一起租房，下了班兩人會在樓下騎樓行人道上喝著台灣啤酒，言不及義的談天說地，說的都是那個女生好看，那個女生身材好，工作時遇到好的客人會互相通報。

阿發個頭較為高大，總是在吧台切水果，孫偉服務較為勤快；阿發拳喊得好，常常陪客人划拳，賺得小費總會分給孫偉；被老闆罵的時候，阿發老是擋在前面，替他說情；孫偉時常幫阿發，看到店裡漂亮的小姐就幫著說好話，兩人成為患難兄弟。孫偉喜好小賭，抽煙吃檳榔，嘴角有時會滲出紅紅的檳榔汁，但是他的優點就是嘴巴很緊，守口如瓶，孫偉敢作敢當，對阿發態度非常恭敬又勤快，阿發在道義上一直照顧著孫偉，不知是本性使然還是習慣有靠山，孫偉屢次各種花招惹事，最後總是阿發會出來收拾，他似乎也從不覺虧欠和悔改。

阿發脫離八大行業到廣州闖盪後，希望能夠拉孫偉走向正常行業，勸他跟著自己一起奮鬥，二０００年孫偉到廣州投靠阿發，管理工程事務，維繫客戶關係。

另一個是大稻埕的公子哥王立廣，生在有錢人家的闊少爺，立廣與阿發是木柵高工的同學，高一時阿發在掃廁所拖地被四名同校的不良少年，藉由事故恐嚇勒索，阿發與對方爭執導致被霸凌毆打在地，立廣剛好從廁所出來，拉著阿發死命往前一路奔跑，兩人因此成為好哥們。立廣留著八０年代好萊塢影星李察基爾的髮型，經常穿著小花襯衫搭配休閒西裝和哈萊褲，是個具有設計天份的藝術型文青，個性較軟弱害羞，卻很有女人緣，有過風光日子，但好景不長，遇到事情總是習慣逃避畏縮，不敢面對，經常陷入自責的情緒，大半生沉浸在懊悔中。

阿發在木柵高工賣舞票時，時不時會給立廣一些免費入場券，並且安排好的位置，立廣高中畢業後，有次約阿發到 Disco 舞廳，才知道阿發已經到酒店當少爺，由於立廣家是開建設公司的，有不少承包商會巴結立廣，時而帶到聲色場所，立廣偶而會做順水人情到阿發當少爺的酒店消費。有次夜已深，阿發下班扶著喝得半醉的立廣走出酒店外

「你喝醉了，我送你回家」

「我不想回家，阿發，走，你下班了，我們去第二家續攤！」

突然，竄出四名米高梅酒店的圍事堵住阿發，「張阿發先生，這是你上個月消費的簽單。」同時出示一張酒帳簽單要阿發還錢，阿發瞥了一眼，說：

「這哪是我簽的？」轉頭要走，

「阿發，你是不是上個月去過，忘記了？你再仔細想想看」立廣匆促的說道。

立廣頓時酒嚇醒了一半，好意當和事佬提醒阿發，一邊找空隙想要開溜。阿發認為與他無關懶得辯解就要走，四個圍事一湧而上，其中一人手持木棒往立廣打過去，立廣快速閃躲；另一個揮舞實心的鐵棍砸向阿發，阿發伸手去擋，四人繼續一陣拳打腳踢正此起彼落打得激烈，響亮的警笛聲由遠而近，大家一哄而散，阿發左手臂一陣劇痛才發現手被打斷掉了。

這件事後來被阿發的老大知道，哪善罷甘休，去米高梅酒店調錄影帶查明真相，確實是立廣所簽，命令阿發這種朋友不能交，否則雙手雙腳就要準備多斷幾次，從此阿發與立廣不相往來。

賣舞票

阿發踏入八大行業之前是木柵高工學生，他家住蘆洲，到學校要到台大公館站轉車，高一時在公館附近無意間認識了一位舞廳聯合承包者，名叫林時宇，他把 Disco 舞廳包下來後分發給幾個高校，用舞票抵用券吸引同學前來跳舞，舞票上面印有地點及場地、優惠價，組頭會在舞票上面蓋上標記，記號就是組別代碼，一張票可抽五十元，等到舞會結束後再進行拆賬。

阿發辦舞會賣舞票，得心順手，各大場子無不熟絡，號召力也越來越強，也學會了組織戰，有錢大家賺，阿發當大組頭分幾個小組，票開出來大家一起分，木柵高工從一年級生到三年級生都有阿發的組織，而阿發辦的一定有不少美女，學生總會來個數百人，這也就是吸引人的套路。木柵高工的同學，來自四面八方，一半以上的學生是愛玩的，而且木柵高工男同學居多，對於異性只能在校外找，阿發看準了青少年對於異性的幻想，加上組織能力，很快的就建立了銷售網，口耳相傳，跳場舞即可運動又可交友，拓展視野，這些高中生自然而然的，每到假日必往舞廳跑。

一九八０年，台灣還在戒嚴時期，實施髮禁舞禁的年代，學生禁止開舞會，員警隨時可臨檢。那時臺北的 Disco 舞廳是新興的行業，中泰賓館的 Kiss、西門町的「閣樓」、Touch、林森北路的黛安娜、16P、百老滙等全盛時期約有十多家迪斯可舞廳。主要是以學生為營業對象，舞廳的老闆會將假日的時段對外發包，承包舞廳的業者則找機會網羅各校愛玩的學生來做下線組頭。

木柵高工的教官以及老師們，過了大半年已經知道這件事，全校竟然有高達 800 多人參加舞會，便開始清查這些躁動的學生，並且收集資訊，告知家長，在假日時佈局眼線，其中有些學生非常膽小，把事情的緣由給供了出來，校方認為此風不可長，必須要殺雞儆猴。有一天朝會，教官在司令臺上公開譴責並且把害群之馬一個個的抓上臺。

「張阿發，你就是最大的組頭，辦舞會、留長髮、抽煙，公然挑戰學校的法規，破壞校譽，學校無法容忍這種行為。」

在那個髮禁舞禁的年代，這種挑戰權威的惡行，就是處以記兩支大過勒令退學！

阿發編造了理由瞞騙媽媽被退學這件事：

「木柵高工太遠了，想改讀夜間部，一邊賺錢一邊讀書，同樣可以完成學業。」

就像多數人一樣，一生中都在努力追求某些事，包括學業、事業、物質與精神等，往往追求的結果是，失敗占了人生的大部份；而成功只是換得短暫的歡愉。

少爺

一九八0年代，正值台灣經濟最繁華，那時越戰結束、中美斷交、美軍退出台灣，時值日本經濟復甦之際，日商紛紛來台設立分公司，條通原本就是是日本人密集居住之處，於是大量日本公司再度回流至此，日式酒吧也在此蓬勃發展。暮色低垂，六條通一帶正是華燈初上，阿發憑著以前在速食速食店的打工經驗，很順利的在林森北路的五條通找到一家台菜餐廳「夜鄉空中花園餐廳」擔任服務員，夜鄉的營業時間從傍晚的五點到凌晨三點，就是做晚餐及宵夜。

「夜鄉」餐廳設有卡拉OK，有個小講台，客人酒酣耳熱之下可以上去唱歌助興，桌上的點歌單寫上歌名，交給服務員，然後服務員按歌名找到伴唱帶，接著翻好歌本，隨著音樂伴奏，客人就可自行歡唱。

可想而知台菜餐廳賣的就是最受歡迎的台式料理，如滷肉、三杯雞、蔭豉蚵、菜脯蛋、炒螺肉以及鳳梨苦瓜雞湯、酒家蒜湯…等料理；也有丁香花生、醃蜆仔等下酒菜，酒類則有玫瑰紅、紹興、生啤酒等。來店的客人什麼來路都有，做生意的、混兄弟的、公務人員，而通常酒桌上都會出現中年大叔旁邊坐著漂亮年輕的美女，這些美女就是在附近酒店上班的小姐，這些小姐個個婀娜多姿，手腕極好，能說能唱，把客人服侍得心花怒放，當然她們也得到豐厚的小費，這些酒客吃完飯後接著就往小姐上班的場子消費。

這類的台菜餐廳在一九八九年間很多，吃完飯後高歌一曲，店家會送上水果盤，西瓜和柳丁是台菜餐廳常見的水果盤，再加上水果雕花就會讓客人從外觀視覺和造型感受到滿滿心意，阿發學習力很強，很快就學會了基本的果雕技巧：

「切西瓜就將瓜皮簡單刻花；切柳丁將外皮二刀往內折變成兔子形狀，再放些小蕃茄，水果盤就可上桌。」

阿發觀察力強，他說許多客人喜歡喝紹興酒

「喝熱的就放在鐵壺加薑絲或話梅溫熱；喝冰的就加檸檬或話梅順口；臺式的喝法就要搭配划臺式酒拳」，他服務很到位，對客人喜好摸得一清二楚。

十七歲的阿發不僅眼力好，反應也很快，在夜鄉餐廳很得客人歡心，也認識不少常客，其中有一位城中區的警察局長官的女性友人，在西門町西寧南路上經營有包廂的卡拉OK店，把阿發挖角過去當領班，這家店叫做「歌屋」，從二樓到四樓大小的包廂有十多間，客人大都是老闆的朋友，沒有陪侍小姐，僅靠少爺服務，**「少爺」一詞是男性服務員在台灣酒店業的稱呼，女性服務員稱為「公主」**，阿發一邊示範一邊解釋：

「桌邊服務就是一手托著托盤，一手夾起毛巾服務客人，端茶水之類。」

一八〇公分挺拔帥氣的阿發，白淨俊秀的五官輪廓，微捲短髮梳理整齊，指甲剪得整整齊齊、乾乾淨淨，穿著白襯衫黑領結，眼睛略帶笑意，是個唇紅齒白的嫩嫩小鮮肉，加上眼力好身段柔軟，唱歌、喝酒、划拳、跳舞樣樣精通，應付客人游刃有餘，酒拳喊得好，把客人哄得服服貼貼，很得客人歡心，小費自然比別人多。

酒店來的客人裡面總有一個是重要人物，可能是老闆，也可能是他們要招待的客人，酒客很重面子，你讓他們的客人開心，就是給他們最大的面子，該取悅的人取悅到了，一行人就會開開心心付錢。客人什麼樣的人都有，穿西裝的，大部分是來談生意；道上兄弟來店裏的，喝酒玩樂或是喬事情的也不少，不管是哪種客人只要酒喝下去後，舉止都差不多，三字經一開始問候大家都是同類人。

台灣近年很火紅的一部台劇《華燈初上》劇情演的就是那個年代裡的日式酒店生態，酒店小姐和客之間所交織的愛恨情仇，當然酒家發生的槍殺案也是稀鬆平常、打架鬧事兩三天一次。

阿發在八大行業擔任酒店少爺的服務工作，六年期間，從六條通的台式酒店「600暢飲」，到舞廳、鋼琴酒店等地方，那個年代這些行業小費多賺錢容易，每晚在五光十色的霓虹燈光下，燈紅酒綠、酒色財氣的背後，上演著形形色色的人生百態故事。

偶而客人聊天問起阿發的童年，他總輕描淡寫的說，從小生長在有流氓窟之稱的豬屠口，出身貧窮，在阿嬤的麵攤洗碗渡過三千個日子，像在談論別人的事般帶著半好玩、半嫌厭的表情。談到酒店生涯，阿發總說：

「職業無分貴賤，酒店少爺是個服務業，那是我人生職涯的一個過程」

酒客

酒店客人各種來路都有，有一個做飼料生意的林姓酒客，他是做外銷生意的，和台灣同業沒什麼往來，他說：

「我如果自己想喝就自己來，沒必要與客人在這種地方談生意」

「如果靠這種有女侍的地方，談成的生意，也是有風險的」

做生意還是本本份份老實點較好，這種花天酒地談成的，並不長久，難道不來酒店，生意就做不成嗎？阿發在客人身上學到這一點，經商不一定去酒店談。

就像多數人想的一樣，角頭老大，他身上就是滿滿的刺龍刺鳳，讓你一眼就嚇得不知所措，凶神惡煞模樣，一位當地的角頭老大，大家都稱他財哥，財哥很重義氣，對小弟照顧有加，喝起酒來很阿莎力，兄弟其實對小姐很尊重，不會手來腳來，他們的英雄氣概，往往被小姐們所崇拜。見到兄弟客，阿發只要大杯的敬酒，然後檳榔主動供上，喊聲

「大ㄟ，這青仔啦⋯」

兄弟客最愛面子了，往往小費一千二千就直接掏出來給，財哥告訴阿發：

「有機會好好把書唸完，千萬不要入幫派，兄弟是條不歸路」

他撩起胳膊，一道道的刀疤，才換來這個位子，讓阿發看得一陣心驚，財哥對太太非常疼愛，小孩送到國外讀書，其實早期的兄弟是真性情，有情有義，也不會沒事動刀動槍，大家都是出來混口飯吃，而且財哥說了，真正的兄弟只會包工程但不會碰毒品。

一九八〇年後段，是股市最好的年代，台灣街頭談論股市成為顯學，操作股票成全民運動，一九八九年六月台股衝破萬點，當時號子大放鞭炮，股民們也都歡天喜地，那時也出現不少股市大亨的客人，有位康和證券的趙哥，為人海派，每次都帶著一大幫朋友來，小費大把大把的發，小姐少爺通通有份，趙哥酒拳划得好，台灣拳、日本拳樣樣精通，趙哥教阿發不少技巧，趙哥靠著酒拳，可以把整桌人給灌倒。

有一次阿發很好奇的問趙哥：

「你為什麼拳可以划得這麼好？」趙哥說：

「其實我是不想喝太多酒，隔天要看盤，頭腦得清醒，喝酒容易誤事」

這句話哲理很深，交際應酬的同時，保持清醒，不要跟著沉淪，「把酒拳學好」也是做生意必要的一門學問。阿發謹記在心，後來創業做生意時果然派上用場。

幾年後，阿發已算是少爺老手，也很會逗小姐們開心，只要阿發進包廂發毛巾、端茶、送冰塊，小姐都會主動幫要小費，阿發下班都會帶那些沒出場的小姐們吃宵夜，或者到 Pub 去玩，這些小姐們對阿發不僅有好感，有些還會主動投懷送抱。問阿發在八大行業這麼多年，感情上有沒有暈過船？阿發臉上閃過一抹神秘的微笑，他說在酒店裡有一個朋友間的共同默契，就是朋友三守。

「朋友三守的原則就是平時要守望相助；有人問起要說我們都守身如玉；最後是守口如瓶，也就是說我們都在工作沒有去泡妞。」

孫偉跟他就是這種三守的患難兄弟。

那時還有位住在內湖的客人跟他說了一個故事：

有一位台灣大學電機系資優大學生畢業後，在待業中找不到理想工作，於是他看到環保局在應徵人員，大學生去考試，扛著沙包跑一圈而錄取了。接著一待好幾年，到了適婚年齡找了對象結了婚，接著生小孩，貸款買房，小孩就學，生活壓力越來越大，想要換更好的工作，但是問題來了，大學生快中年了，許多大公司喜歡用新人，高薪主管輪不到他，低薪當然他也不願意去，應聘官問：

「你台大畢業為什麼跑去當環保清潔隊員？……」

這個事件，阿發一下子就醒了，原來酒店服務員工作一直做下去，將來準沒前途，人在規劃未來，往往忘了時間是最大的成本。

說起來阿發身邊貴人真不少，在龍蛇混雜的八大行業裡還會遇到這麼多真心為他著想的客人，阿發除了外表俊俏外，他的本質應有可取之處，在酒店也學會與人互動的基本道理，你得對別人好，別人才會對你好，生活是互利互助的。

第2章　扳手工

菜鳥

一九九六年張阿發從一個扳手工勇闖西進，篳路藍縷，一步一腳印，不畏艱難險阻，憑著專精鑽研大陸起重機安全法規，取得批文，成為註冊合格的公司，也變成當時業界的行家，成功從「三無企業」，成為真正的三資企業，從佈滿荊棘中走出自己的繁華風景。

一九九五年，阿發服完兵役，找到第一份工作是在蘆洲離家不遠的「立達起重機工程行」，這是一家獨資公司，阿發先從打雜工做起，後來被調去堤防邊的工廠歷練。當時正值工業轉型期，台灣位於全球電子代工業龍頭，帶動了工具機產業，不乏有許多大小配套鐵工廠，臺北縣三重蘆洲一帶這類的工廠很多，由於地緣關係，阿發就從蘆洲小鐵工廠做起。

上工第一天，工廠杜總帶著阿發稍微介紹一下廠房周邊環境後，就帶到一個老師傅生伯面前交待給他，生伯長得很精實，一看就是那種專業知識都存在腦中的老師傅

「阿發，生伯是廠裏的資深員工，跟著他好好學」

「生伯，您好！請您多照顧，我很能吃苦」

阿發用最謙卑的笑容跟生伯鞠躬，生伯稍微打量一下這個年輕人，點點頭，這大個子看起來很機靈，應該很受教。

幾日後，生伯把阿發叫到面前，

「阿發，今天要上高台維修天車，你和阿土上去，仔細聽我指揮，一定要小心喔！」

生伯指示阿發換上橘色工作服，外面繫著S腰帶，並且給他一個工具包，裡面裝有各式各樣的扳手、螺絲起子以及一個小鐵鎚，生伯說這些都是安裝天車必要的工具，大小不一的扳手，是固定及鬆開六角螺絲用，假使太緊就稍為用鐵鎚敲一下。

阿發爬上廠房屋頂，將安全帶與S腰帶扣好，接著開始從大樑與鞍座結合處，拿起扳手，將一個個的零組件檢查，使勁的將螺絲栓緊，這是阿發第一次學習當扳手工。作業一陣子，突然發出一聲巨響，有東西從高處掉落，師傅們立即跑出來看怎麼回事，

「啊！搞甚麼…哪會這樣？」師傅們驚呼

好不容易現場平靜下來，大家驚魂甫定，慢慢走近掉落物，原來是一支大扳手從高臺上面掉下來，生伯與阿土也過來察看，

「嚇死人！這支扳手不是阿發的嗎？人呢？」

生伯焦急的四處找人，阿發從柱子旁走了過來，大夥兒，才放下心來，拍拍阿發的肩膀

「少年ㄟ，小心一點，有沒有受傷？」

阿發回頭給生伯一個憨笑，回答「謝謝關心，沒事！」

「天車」是傳統製造行業中不可或缺的一種輔助生產設備，是工廠吊重物的一種搬運設備的起重機械，因掛在廠房的上方，像是一台會動的車子，所以俗稱「天車」。

阿發每回在操作天車，把它當作夾娃娃機一樣，前後左右上下都可移動，娃娃機的爪子在抓物，天車的鉤頭在吊物，產生操作的樂趣，工作不覺得累。

這一天，工廠安排阿發到起重機訓練中心跟著幾個工人一起做員工培訓，有位吳董抱著四、五歲的女兒進來串門子，跟杜總打招呼

「我女兒沒看過工人練吊車，就帶她過來玩。」

有工人拿著空啤酒瓶，把其中一隻橫倒在地上，江經理跟工人們喊著

「來啦！我們用啤酒瓶來比賽，看誰能用鉤頭和纜線吊起酒瓶，誰就贏！」

就這樣，現場氣氛一下子變得很熱鬧，江經理指著阿發說

「我們剛進來就是這樣訓練員工的，你是新來的，要多練習才能把工作做好」

「你們這些新進員工加油，誰得第一名，我就給誰一千元獎金」杜總加碼，一下子把所有工人的士氣都激勵起來了。

吳董女兒注意到工人們穿著灰色工作服，都是油漬汙垢的，再看看自己爸爸的領口也是黑的，就伸手指著工人們說，**手臂上隱隱露出一塊胎記**

「爸比，為甚麼他們衣服都好髒，你也是，衣服弄那麼髒回家會被馬麻罵耶！」

「沒辦法，我們要工作，所以衣服很容易髒。」

「等我以後長大，自己做衣服給爸比穿好不好」

小女生天真的說著，這時生伯走向杜總問著

「杜總，今晚有颱風，旁邊河床的工程要不要休息？」

「那邊現在還在做工，等晚一點看情形再說」杜總回答

「好，我會叫那邊的人要注意」生伯說

晚上，強烈颱風安琪拉正登陸台灣本島，狂風暴雨，樹木被吹得東倒西歪，電視上主播正在播報：

「安琪拉颱風為五級強颱，平均風速二八五公里，暴風半徑二〇〇公里，沿海地區民眾務必小心，嚴防海水倒灌……」

生伯打電話到辦公室，接電話的正是當晚值班的阿發，生伯說：

「阿發嗎？我們工廠的電箱要全部關掉才安全！」

阿發馬上起身，邊走說回答說我馬上就過去看看。

阿發穿上雨衣，從辦公室走到天車工廠廠房，勁風吹得樹枝搖動，電線被吹的呼呼作響，阿發被颱風吹得歪歪倒倒，手拿著手電筒，涉過水窪吃力的走到工廠大門，打開電箱，在伸手關掉開關的剎那間，沒想到一碰觸立即全身觸電。

當場抽搐休克倒地，手電筒掉落在滿地積水上。

忽然傳來一聲大叫，生伯和吳董見狀快速奔跑過來，發現是阿發，他觸電了！

「先切斷電源，你去拿塑膠手套，我們把他抬回辦公室。」

吳董和生伯一前一後抬起阿發，好在吳董人高馬大，兩人合力把阿發往辦公室抬去。全身濕透的吳董，緊急替阿發作人工呼吸，生伯趕緊打電話叫救護車。

在等救護車的同時，阿發一口氣回過來，緩緩睜開眼睛，看到吳董和生伯焦急的臉，阿發虛弱的喊了一聲

「吳董、生伯」，生伯說

「你真是命大！幸好吳董工廠就在隔壁，他們擔心廠房機電設備線路接觸不穩定，找我一起過來巡視，才發現你觸電倒地，否則，這次颱風傷亡名單就有你的名字了！」

吳董倒了一杯鹽水給阿發，叫他先把這杯鹽水喝下去，阿發虛弱的接過鹽水喝下，並向吳董和生伯道謝。吳董說：

「人沒事就好……等下救護車就來，你跟他們去醫院檢查一下！」

時間輾轉過了一年，阿發學習力強、作事頂真又不怕吃苦，已從「天車」菜鳥進化成初生之犢，他陸續承辦一些小工程，以及協助合作的業務案。但杜總對於阿發不但沒有器重，還是像以往一樣，當作小弟在使喚，那年的冬季特別寒冷，時常下雨，由於快過年，對於小公司就是要資金回收。

有一天杜總叫阿發到桃園龜山收筆貨款，公司沒有小貨車可以借用，光騎車來回就得三個小時，在大雨中忍著寒風，阿發把一筆幾萬元的貨款給收了回來，並交給了會計。

身體還沒乾，杜總叫他把魚缸洗一洗換個水，以為做完這工作後可以稍作休息，喝口茶；誰知茶杯尚未拿起，杜總竟叫他去把盆栽的葉子，一片一片的擦乾淨，當下倏地引爆了阿發心裏的委屈，眼裏噙著淚水，卻是滿臉倔強，也許是老闆要他辭職不好意思開口。

阿發從小在惡劣環境中長大，忍受力比一般人強，但此刻他自尊心嚴重受創，他想要出人頭地，他所積累的草莽生命力與能量蠢蠢欲動，在挫折中他看見另一個機會和曙光。

一九九六年的二月，農曆年前阿發毅然辭職了。

創業

曾救阿發一命之恩的吳董，跟他提議：

「大陸有許多台商西進，正要蓋工廠，有很多工程需求，包括機電和天車，我打算去廣州承包台商的機電工程生意，正好 Grace 集團準備在廣州蓋八座塑膠工廠，裏面要用到不少天車，你要不要去試試看？」

那時阿發掂一掂自己斤兩，覺得自己還不夠那個資格，但「總不能一輩子都在廠裏打雜」這句話一直縈繞腦中，吳董對他做事的肯定和器重，邀他一起打拼的話一直牢記在心裏。

想要成功想要脫貧的渴望驅使阿發決定創業，但阿發高中就輟學，第一次創業什麼都不懂，籌備事務很多，萬事起頭難。著手請會計師辦理「中佑機械公司」，阿發的資金二十五萬是媽媽好不容易湊來的，辦公室則找到五股工業區旁疏洪道堤坊邊的洗車場二樓，所有的辦公設備到汀州路的二手市場挑選，以最少的經費，將辦公室組了起來。

從菜鳥業務到創業當老闆，考驗才正要開始，阿發每天忙著找生意，台商建廠資訊看報紙查工商目錄，但往往見報後已經是採購完成，在不斷開發碰壁過程，客戶都會問起做過那些實績，最好是上市櫃公司的指定廠商。創業基本三要素：資金、技術、人脈，這三項對阿發而言，完全欠缺，「中佑機械」得從「三無企業」開始幹起，阿發憑著憨膽，即然選擇出來了，抱著只許成功不許失敗的念頭。

在資訊不發達時代，只要公司有人接電話，很少人會去實地踏察。過了快半年，聘雇了第一位員工－梁仲君，高職剛畢業的女助理，工作就是接電話，做點行政打掃的工作，一天八小時，事務實在太少了往往都是閒在那裡，女助理因工作很無聊，多次提想要辭職，也因為是在民宅辦公，感覺到這公司沒有什麼發展潛力。

一九九六年大陸正值經濟起飛階段，人口結構有大量的年輕職工，正好提供給台商西進的好機遇，也因為兩岸特殊的關係，開出許多讓利的優惠台商政策。

阿發看準了這波時機，斷然隻身獨闖對岸。一九九七年前的廣深（廣州到深圳）公路，沿途都是坑坑洞洞的水泥路，一遇下雨就淹水，顛簸難行，車子走起來躁音很大車速也開不快，坐起來相當不安穩；當地的出租車不好叫，多是私營沒執照的黑車載客，漫天叫價專砍外地人，所以大多找熟識的司機，不會繞路收費也合理，短短的三０公里路一遇事故，二個小時才到達常有的事。

廣州經濟技術開發區為第一批國家級開發區，分為西區、東區及永和區，西區較早成立，所以有生活區，以青年街為商業街，吃的住的都在這一帶，新的工業區周邊則沒有餐廳也沒有住的地方，也得就近到開發區那裡才有賓館，東園賓館為開發區成立的住宿酒店，大多數的台灣人都住在這，房費約人民幣二百元。

像阿發這種剛起步的小台商，最喜歡住在便宜又離工地很近的小旅館，如海雲賓館或海員俱樂部都很簡陋，但累了一整天，回去就是睡覺休息而已。比較大的企業老闆都住在廣州市區的酒店，再不然就住在新塘鎮上的太陽城或新豪景酒店，裡面附設有餐廳、酒吧各式各樣的消費應有盡有。

海員俱樂部住宿費更便宜，每天只要人民幣八十元，設施相當老舊，海員其實就是那些船員上岸住的旅店，房間內部有二張小床，床的木架有點搖晃，鋪的白色床單有點粗糙而且已經起毛球了，牆壁及天花板的油漆剝落得很嚴重，洗手間是那種蹲式馬桶，沒有浴缸只有淋浴，蓮蓬頭出來的水流很小，大部分住在這裡的船員根本沒人會在這裡洗澡，他們上岸後，都跑到桑拿洗浴中心快活去了，誰會在這洗澡。

阿發總是穿著白襯衫，左邊胸前口袋放著臺胞證插著紅藍兩支筆，高墊肩寬鬆的深灰色西裝外套，黑西裝褲，臉上戴著無邊眼鏡，攜帶一只行李箱，形塑自己一副老成持重的台商，利用微薄的旅費，住進便宜的旅館，與業界先進聯合陣線，勤快服務，台商在大陸形成的同溫層，互助合作，也介紹不少案件。經過顛簸的創業初期，阿發奮力披荊斬棘繼續前行。他對自己的價值深信不疑，他感覺果實即將迸發一樣，就像任何人看到美麗東西之後都會湧現的感覺，堅信自己終會獲得最後成功。

荊棘

一九九七年西進大陸剛在廣州創業打拼時，篳路藍縷，一步一腳印，辛酸和眼淚只能往肚子裡吞，有一次美亞公司范廠長打電話來罵，開發區稽查大隊來了說沒有報裝，不能使用，於是，阿發趕緊去拜訪勞動局檢測站說明設備是台灣來的，請教如何報裝事宜，陳揚副站長說，台灣情況他們不瞭解，無法報裝，除非製程合乎大陸標準，否則無法通過。

次日早晨，阿發大汗淋漓走到勞動局大門，正要進去，碰巧陳揚走出說正要去開會，討論後會再給你公司反饋意見。

這一等從上午十點等到下午五點，阿發心裡有數知道勞動局不會批准了，垂頭喪氣地走出勞動局，滿腹委屈，看到旁邊有人在賣盒飯，阿發買了最便宜的一葷一素兩塊錢盒飯，走到路旁找一個地方坐下來，打開飯盒，才吃了一口，想到連日來的辛勞全部化成泡影，不禁紅了眼眶。此時已是下班時間，勞動局員工陸續走出，陳揚副站長正好騎腳踏車經過，看到阿發停了下來，問阿發怎麼在這吃盒飯？阿發有點窘迫的呼嚨，就有點餓，隨便扒兩口，晚上還要和其他台商吃飯喝酒！陳揚顯然不相信，納悶的嘟囔有應酬還吃什麼盒飯！

此時阿發手機響，阿發接起。

「喂，媽，什麼事？哦，我忘了，我現在在廣州。媽，我會去繳電費啦！嗯，我會保重自己，妳也是，送貨不要太累喔，再見！」

阿發說不好意思，是他媽媽從臺北打來的電話。

陳揚面露和善的說看樣子，你家很困難，你的母親在送貨？阿發：

「對呀，養樂多媽媽，她靠送養樂多、牛奶那些貨品，才把我們養大，所以我想多賺錢幫忙家計。」

手機再度響起，台灣助理來電說貨櫃公司在催款，口氣很差說已經超過二個月一直沒到帳，是想賴嗎？阿發請助理跟對方講，回去馬上就付款。

此刻陳揚一眼看穿阿發是小公司，不像他送來的資料所寫是個企業，很好奇這些起重設備怎麼做出來的，阿發不再掩飾，承認去年才創業，公司沒幾個人，設備是發包給台灣協力廠，進廣州後找廣州起重安裝，電工找振佑幫忙，天車屬於危險設備，都是有證的。

阿發邊說著，眼淚不經意就流了下來。

「副站長，非常謝謝您關心，我想我不會再來打擾您了，再見。」

隔日，阿發在客戶廠裡，告知范廠長，很抱歉影響他們建廠進度，他會找有資質的公司來報裝，稽查大隊他也會去說明。離去時，阿發看到了吳董，吳董借他電工人員，關心的問阿發做的天車不能使用的事，阿發緊蹙著眉頭無奈的點點頭，只好另找有資質的公司來報裝，看來只能回台灣送貨去了，混口飯吃。

過了二天，陳揚叫阿發把資料拿回去，阿發一聽，心涼了半截，這下徹底完了。陳揚拿了一本大陸起重機規範，叫阿發拿回去好好研讀，另外把這些資料拿回去重寫，按照規範，該裝的要加註，還有這裡不叫「天車」，叫做「行車」，分單梁葫蘆，橋式葫蘆⋯，走前，陳揚補了句：抓緊時間，加油，阿發轉身要離去，陳揚叫住阿發：

「等一下，這張是給你的批文，**【同意你公司為台資企業配套制造起重機⋯】**另外憑這張「新裝起重機申報表」到稽查大隊去申報，有問題，請他們打電話來。」，阿發只記得當下自己點頭如倒蒜，一直鞠躬一直鞠躬，一手抹去眼淚。

勞動局安全檢測站拿到批文後，中佑成為註冊合格的公司，天車需要當地廣州、東莞公部門檢驗合格才能使用，他們認定阿發就是台灣合格的天車廠。《一九九六年大陸起重機安全法規標準彙編》都快被他翻爛了，表皮封面早已破損不堪，貼滿分類標籤和不同顏色標註的重點，阿發每次設計繪圖都需仔細對照，並且有所本根據的和客戶講解，因為這樣的拼勁不僅感動了許多客戶，阿發憑著專精研究行車，成了當時業界的行家，他的專業更得到客戶的信任，獲取不少訂單。

一九九七年底，阿發再來到廣州，一批天車已經安裝好了，客戶遲遲不驗收，阿發先到開發區的海員旅館放好行李，取出藏在行李箱暗處的美金，拿二〇〇元到小店去換錢（匯率比較高 1:9）

坐上小巴，實在太累了，坐著坐著就睡著了，扒手趁機將錢包偷走；下車時一個晃神，被摩托車給撞了，有點嚴重；摩托車騎士說他走路也不小心點，要不送他去醫院？阿發趕著有事就說小傷沒事，還可以走。

走進了美亞公司找范廠長，范廠長看到阿發腳受傷，關切了一下，更關心天車報裝了沒？阿發從大背包拿出來起重機安裝申報表，「大陸惠台提供兩免三減半，進口設備免關稅」，阿發向勞動局說明主機從台灣來的才通過，勞動局這二天就會來驗收檢查。

范廠長誇了阿發厲害哦，用台灣公司報裝可以過，接著數落這天車走起來匡啷匡啷響，怎麼回事，還有工人煙蒂垃圾都亂丟，阿發堆滿笑臉說抱歉啦，今天一定處理好。阿發打電話給包工頭王老闆，說安裝的天車，客戶說有點問題，還有清潔不到位，今天可不可以派幾個人來一下。

包工頭王老闆回說人在河南，過幾天才回廣州，才能帶人過去，阿發拜託今天調下人啦，王老闆為難的說手下這幾個，也跟著他在河南幹活，實在沒辦法。

阿發只能自己想辦法，向保安借了頂安全帽，捲起衣袖，拿著扳手上去檢查螺絲有無鎖緊，原來是軌道接頭不平導致響聲。為了確保質量，逐一檢查上面的天車，接著打掃，郊區的夜晚特別的淒涼；拖著疲憊傷痛，一個人清理打掃，廠裡沒有燈，昏暗的月光，阿發拿著掃帚，一直掃到天就快亮了，腳還在不停的流血。

門口保安，走了過來，好心的說傷口看來有點嚴重紅腫，這有點消炎藥，先吃點頂一下。阿發吃了藥，沒想到藥物過敏，眼睛嘴巴全腫了起來，身體奇癢無比，想想先回旅店，就在此時發覺錢包不見了，只好撐著清晨五點走了七公里回到旅店。

阿發勇闖西進，不忘初心，不畏艱難險阻，從佈滿荊棘中走出自己的繁華風景。

恩人

一九九九年，阿發在廣州設立辦事處，公司位在廣州經濟技術開發區西區的生活區上，西區位於黃埔新港、珠江與東江和橫河交匯的三角地帶，有香港直通開發區碼頭的客輪，交通及生活較為便利，於是有了長駐計劃，阿發在青年路上的利豐大廈十九 樓租了二房一廳的高層住宅，利豐大廈是一九九八 年完工，該大廈是由兩棟高為二十一層的電梯樓構成，分別為南塔和北塔，對面是中國銀行以及麥當勞，旁邊就是菜市場，由於位於青年路，購物、交通非常方便，在這裡阿發生活了兩年，也開啟事業之鑰。

那時和阿發同住在廣州利豐大廈的就是吳董，距離當年吳董邀約阿發一起打拼過了快三年，阿發白手起家從打雜工晉升為一個小台商，兩人很投緣，時常串門子，有一天兩人小酌後，身材高大的吳董搭著阿發的肩，站在落地窗前，規劃未來的遠景大夢，吳董指著窗外對阿發說：

「小老弟，看到前面那塊大工地沒？」阿發點點頭，吳董說：

「那是大眾電腦城，將來我們也要做強做大，打下自己的江山！從現在起，你要開始累積自己的資本，聽說台灣要發展兩兆雙星計畫，未來幾年會興建很多無塵室工廠，等我們回去，一定會有很好的發展。」

吳董的雄心壯志感染了阿發，兩眼炯炯有神回應著：

「沒錯！我注意到台積電現在一直在建廠，半導體業也開始欣欣向榮，我正在想要不要回台灣去？」吳董舉起手打斷阿發的話說：

「慢慢來，先累積資本，日本有很先進無塵室天車的技術，我會介紹神內的聯絡人給你，相信以後一定用得上。」吳董笑容可掬，胸有成竹。

後來在吳董的引介下，阿發開始與日本株式會社神內電機製作所，合作 TFT-LCD 無塵室專用的起重機的業務。

吳董大阿發二十歲，一直很欣賞阿發的聰明才智，處事的技巧，時常引見部門高管，在廣州需要交際時，吳董也不吝嗇地帶上阿發，席間的應對幽默風趣，服務細心，逗得賓客樂開懷，給足吳董相當面子，由於互動良好，阿發也樂於做馬前卒，只要大老闆有些事，阿發都願意自動去喬定。

俗話說：《孤掌難鳴、獨木不成橋》，事業的機遇，創業之路除了勇氣，還要有前瞻的眼光，掌握關鍵資源，抓住機遇，講信用，重承諾，必勝不二法門。

阿發從一九九六年離鄉背井孤身到大陸尋找機會，到一九九九年得到吳董的器重兩人在廣州經濟開發區合資成立「佑欣工程公司」，有了這層關係企業，對於阿發在大陸的事業發展有著莫大助益，承接的工程遍及廣東省的廣州，東莞、深圳、惠州、中山、杭州、上海、昆山，還有越南及印尼，吳董幫阿發打下了基礎，往後才有資本，發展到做無塵室起重機，阿發也很爭氣把事業做起來，不辜負吳董的信任與提攜，吳董是阿發事業上的貴人。

若不是發生孫偉在公司收回扣的醜聞，阿發和吳董的緣份也不會這麼快就斷線，當初吳董聽到阿發選擇為朋友道義，而毅然放掉廣州好不容易打下的江山，著實很錯愕，但見阿發心意已決，也就不強求，只跟阿發說：

「這裏的大門隨時為你打開，也祝福你」阿發雙手緊緊握著吳董，用很堅定的口吻說：

「阿發永遠記著吳董的恩情，日後也一定會回報！」

從二〇〇一年阿發帶著孫偉離開廣州到吳江開疆闢土，阿發與吳董這一別就失去了聯絡。

道義

阿發到大陸隻身闖蕩尋找機會時，就一直希望能夠拉患難兄弟孫偉脫離八大行業走向正常行業，勸他跟著自己一起奮鬥，孫偉直到二〇〇〇年到廣州投靠阿發，那時阿發已和吳董在廣州經濟開發區合資成立「佑欣工程公司」，阿發負責業務，孫偉就在公司管理工程事務，維繫客戶關係。

有一天，吳董單獨找阿發聚聚喝一杯，吳董面色凝重的跟阿發說：

「你經常出差不在公司，很多事都交給孫偉處理，但是，我發現孫偉趁你不在跟廠商吃飯喝酒趁機索取回扣。」

阿發一聽不可置信的張大嘴巴

「蛤？孫偉收回扣？」

「嗯！剛開始我不相信，但已經有好幾家廠商反應，甚至要跟我們解約，都已被錄音了，這件事我放在心裏已經很久了，但基於你們的交情，我決定交給你處理。」

阿發光滑的額頭頓時蒙上一層黑霧，他眉毛下垂，嘴唇因緊閉而微微發顫，一陣羞愧和氣憤從牙齒間迸發出：

「爛泥真是上不了牆面，孫偉怎能做出這種骯髒事」。

「公司已經沒有辦法再留孫偉了，看在你的面子上，我可以不訴諸法律途徑，但孫偉必須離開公司，請你見諒！」吳董說

「我明白，我一定會處理，給您一個交代」阿發臉上露出為難的表情說道。

阿發等不及天亮，隔日一早立即把孫偉叫來，孫偉敲門進入後看到阿發面露慍色，他諂媚的堆滿笑臉，露出扁狹的檳榔嘴：

「阿發：早！有甚麼要交辦的，我孫偉萬事搞定！」

阿發把手上錄音筆丟在孫偉面前，抑不住胸中一把怒火

「我們利用大陸的機遇，才能有如此好的發展，你居然敢收回扣，把紅包文化帶到這理來，真是丟盡我們台商的臉！這就是你對我的回報嗎？」阿發播放著錄音筆，傳來孫偉的聲音：

「…哎呀劉董，錢到位了，自然甚麼都到位了嘛！」

「孫總哪兒的話？錢哪次不是給您安排得明明白白？咱們今個兒喝個不醉不歸，明天錢就打到您帳上了，哈哈哈哈！」

孫偉聽著錄音筆播放，臉上一陣青一陣白

阿發按停錄音筆，眼神犀利語氣嚴厲的說：

「這些都是吳董交給我的證據，你明目張膽大收回扣，我怎麼向吳董、向這些合作廠商交代？吳董昨晚約我就是要我知道，他可以不追究，但你要離職！」

孫偉一下子沒了魂似的趕緊向阿發求饒

「阿發，我全家大小都靠廣州這份薪水過生活，一但被開除，全家都要喝西北風，我保證以後絕對不敢也不會再收回扣，你也是股東，就跟吳董講一下，讓我繼續留下來吧！」

「有錢不賭，對不起父母嗎？還是吃得苦中苦，就怕斷了賭？我保不住你，你自求多福吧！」阿發氣到直想一拳揍過去。

孫偉絮絮叨叨的說著，他知道阿發心腸軟，一定會念舊情

「阿發，從酒店少爺起，我就一路跟著你打拚，彼此同甘苦共進退，吃盡不少苦頭。因你一句話，我拋家棄子來到廣州這個人生地不熟的地方，從頭開始，你怎能就這樣對我不理不睬？」孫偉一貫的油腔滑舌，訴之以情，阿發說：

「從以前到現在，我幫你解決多少大大小小的事？你從台灣賭到廣州，每次輸了都說要戒賭，勸你多少次，屢勸不醒。我體諒你在異鄉，賭博消遣，心想只要你工作認真規矩，也就睜一隻眼閉一隻眼，誰知道你又做出這種錯事？這次我幫不了你！」

孫偉眼淚已在眼眶打轉，他繼續向阿發求情：

「阿發，你也知道我雖然在公司掛名經理，但其實工資真的少得可憐，要寄錢回家，還要留生活費，根本不夠，只好靠收回扣補貼。算我求你，再幫我一次啦！否則，我就要流落街頭了！」孫偉低聲下氣，態度卑微。

阿發見孫偉如此狼狽不堪，心中不忍，嘆了一口氣

「唉！你惹出這麼大的禍，吳董不告你就不錯了，怎麼可能讓你繼續留下來，這樣吧！我來想想看，要怎麼處理才好」

隔天，阿發告訴吳董，決定帶著孫偉一起請辭，離開公司。

吳董很震驚對阿發說：

「孫偉做錯事，與你無關，我不希望你離開」阿發跟吳董說：

孫偉是我找來的人，他犯錯，我也沒有臉留下來。孫偉衝著我來廣州闖天下，我實在無法拋下他一個人，所以我考慮結果，決定另起爐灶，為了不傷和氣，我會帶他到吳江發展。

二〇〇一年阿發帶著孫偉到吳江重起爐灶，找廠房租設備，當時吳江較落後，正在招商引資，條件較寬鬆，阿發是個小台商，市政府找了一位懂法規程序的女助理李媛來協助，順利的把廠開起來，因為沒有錢，所以廠房用租的，大約六百平方米，然後用隔板後頭隔出一百平方

米作倉庫及辦公室用，所用的辦公傢具都是別人公司所給予的，代步的汽車也是租的，就這樣用個人名義註冊二十萬美元的三資企業，也是三無企業！

克難艱辛，排除萬難，「先求有再求好，先利用外部資源，再強化本業結構」工欲善其事，必先利其器！開工廠投資生產線是不能省的，檢驗設備也是必須的，在市領導協助下取得「生產許可證」、「安裝許可證」，取得證照後，接下來就是訓練一批自己的專業技工。

大陸員工很難管理，各種匪夷所思的花招無奇不有，更得見招拆招，諸如得寸進尺、推諉卸責、厚顏寡恥、結黨營私、睜眼說瞎話、死要面子…等，孫偉就在廠裏負責管理員工。

有一次，孫偉因任務調整不當導致工人鬧場，其中一位課長名叫方勇，很會邀功，在這個行業做了很多年，所以提拔為課長，然後久了就皮，難免會有些雜七雜八的事情，聘人容易，開除人難，大陸員工看你是台灣人一定會多要點錢，能要多少算多少！不到他的滿足點，別想他會離開，經過廠長、孫偉的好言勸說，方勇還是賴在宿舍不走。

阿發只好親自處理，先請所有人出去，剛開始對方勇動之以情，沒想到，方勇開始大聲嚷嚷，並揚言要阿發好看，阿發這種場面看多了，冷不防拉下窗簾，一頓拳頭相向，強行驅趕，混亂之中方勇頭部受傷，也驚動公安。

隔日，方勇帶著四個壯漢來，直奔辦公室來，每人手上以報紙包著武器，其中一位最壯的老鄉落狠話威脅，阿發把這幾個壯漢通通叫進來會議室談！先請他們等五分鐘，讓他手邊工作處理好，再好好解決，阿發對著方勇下最後通牒：

「你們只要好好的交接，離職切結書簽具，我也不會為難你，何況該給的錢已經給清楚了，不要在這裡鬧事，請你們快走吧！」

對方開始不耐煩，拿著手上的長條武器揮舞，口氣越來越不好！說時遲那時快，廠外市政府派了二十幾個人來，宏亮又強烈的聲音說著：

「張總，不好意思，我們來晚了！現在要不要給他們抬出去？」阿發對著地方友人說：

「不用，老同事有事找我商量，你們先出去。」

阿發順勢收場，眼前這幾個小民工，頓時沒輒，簽好該簽的文件，夾著尾巴走人，基於同事情誼也就讓他們安全離開，其中一人臨走時手上的武器掉了，阿發好奇的打開一看，原來是把塑膠尺！

二〇〇三年經營上很不順利，接連幾件事紛擾不平靜，諸如大陸的配套廠不出貨，客戶也不付款，積欠工資房租，工人鬧廠等，又逢稽查大隊到吳江工廠勒令停產，稽查大隊來廠找麻煩，在一年半裡不斷的被舉報被約談。事情的背後，原來是台灣的同行，以不實舉報，發送黑函，阿發無奈地嘆氣：

「做生意真難，老鄉見老鄉背後開一槍，也許是無形中得罪了人。」

現在問阿發回想當年，為甚麼一向圓融的他會停在這個點？阿發自己也想不透，明明當初只要罰點小錢可以大事化小，吃點小虧算了，在得失之間求取平衡，兩害相權取其輕，盡力將善意放在面前。但當時就是年輕氣盛「對」的事絕不讓步，造成不必要的麻煩，有句白話說：「能用錢解決的事，就不算是個事。」當時如果能想通，也許就不會過得這麼艱難，很多事情學著放下並不是代表你輸了。

經過工廠鬧場事件後，孫偉提出要求了，他說：

「我的能力應該不適合管理工廠，想去昆山開餐廳。」

阿發重情重義，當然義不容辭幫忙，昆山是華東地區台灣人最多最集中的地方，餐廳地點選在珠江北路一〇八號，旁邊就是體育館；店名取作「大輪」，台灣話的意思就是大賺錢，在大陸商號的名字取的越簡單越好。於是昆山「大輪湘菜館開張了，阿發不放心，叫李媛過去管帳，萬萬沒想到，在一次視察，發現孫偉與李媛搞在一起，阿發震怒，孫偉在台灣是有家室，小女生被騙上床，於是命令孫偉回去台灣，不要再這包二奶，丟臉！

孫偉跟廠商收回扣的事阿發還可以原諒，但包二奶的事情萬萬不可，已經踩到阿發的道德底線，這也就是阿發要孫偉離開大陸的主要原因。在脫離了八大行業後，阿發一直很希望能夠拉孫偉走向正常行業，跟著自己一起奮鬥，年輕的時候共同名言「什麼話可以講，什麼話一定要往肚裡面吞」，無奈事與願違，阿發對孫偉真的是仁至義盡。

性格決定命運，性格決定一個人的交際關係、婚姻選擇、生活狀態、職業取向以及創業成敗等等。一樣都是出身八大行業，在娛樂場所夜夜笙歌，把酒狂歡的迷醉百態人生中，阿發像塊海綿般的大量吸收和學習，姿態低身段柔軟臉皮厚，絕不是卑微低頭、搖尾乞憐，而是內心堅定身體仿佛穿著一層軟蝟甲，讓自己順利遊走在聲光十色的工作領域中，不僅累積了人脈資源，也讓阿發在急需化解危機的時刻得到關鍵助力。

脫貧

一九九六年阿發來到廣州，汲汲營營地想出人頭地，起重機雖是工廠的附屬設備但是屬於危險機具，勞動局嚴格管制，要有資質製造廠才能販售給用戶，當時有資質的廠家在廣東省也沒有幾家，台商西進大陸，進口的台灣設備，一定得通過當地勞動局的安檢才能使用；在資訊不發達的年代，勞動局對於台灣來的起重機製造商無從判定是否合乎大陸的起重機製造規範。

阿發依照要求據實填寫「廣州市起重機制造安裝維修保養單位註冊登記簿」，報告企業概況反反覆覆修改了很多次，研讀了當地法規，隔年，取得廣州勞動局的証明文件內容載明「台灣中佑機械有限公司：同意你公司為台資企業配套製造起重量為三十噸以下的橋式起重機。」有了這張紅頭文件，在《廣州地區新起重機安裝申報表》上，蓋上台灣的公司章，允許報裝安檢，為用戶取得了使用許可證；之後，東莞地區也同意以台灣中佑公司安裝審批，不僅如此在那幾年福建省、江蘇省都給予阿發很好的待遇，用台灣的公司報批，這張一九九七年的批文開始了扳手工的關鍵機遇。

二〇〇一年阿發到吳江設廠，在沒取得正式的產品認證以及製造許可證，蘇州市吳江質量技術監督局的文函通知「允許吳江中佑公司可從事三十二噸以下橋式起重機的製造，產品可以使用。」再次獲得發展機遇，有了這個關鍵資源，中佑公司開啟事業的曙光，最後成為日本神內的關鍵夥伴。

日本株式會社神內電機製作所，是一家已經創立七十八年專業的起重機製造商，家族經營已到第三代。有日本的技術支援，以及大陸對台商的出口優惠政策，吳江鐵工廠成為阿發關鍵轉型的契機。穩紮穩打開創新局，阿發一心想在天車界闖出名號，要從「三無企業」，成為真正的三資企業，這個過程很艱難。事在人為，「每臨大事有靜氣，不信今人無古賢」，只要心中有意念，理想一定能達成，這份成就感來自穩紮穩打，低調融合開創新局。

神內社長告知：

「如以全球電視全面更換液晶螢幕得要五十座工廠方能滿足，台灣目前只有十來座這樣的工廠，未來有很大的業務量。」。

阿發是學習型的人，與日商的合作，體會到與日本人合作謹守：

「第一步就是誠信；再來就是對工作認真的態度；以及絕對的服從上級的領導。」

日商會按工廠接單情況依序排程，確保品質，他們不會超接案件，所以當有新案諮詢時，一定會確認用戶使用時間，採取計劃性接單，做不到的交期，會明確告知。

日本人的工匠精神，啟發阿發對日後承接工程更為審慎嚴謹，也幫助公司事業經營規模與格局雙雙提升。中佑機械進入穩定階段後，阿發決定要導入ISO 9001管理，設立了管理中心，來管控各地分公司及辦事處。由台灣公司負責技術及售後服務，大陸工廠生產鋼架結構件回運台灣，再由日商派員到現場安裝。

有日商的合作提供關鍵技術，掌握關鍵資源，阿發抓住機遇，講信用重承諾，又取得台灣起重機業界首家ISO 9001認證，掌握轉型契機，佈局兩岸。

皇天不負苦心人，機會是留給準備好的人，二〇〇五年阿發在台灣無塵室起重機市佔率第一，日本神內社長親自頒發感謝狀，阿發激動地表示：

「感謝大陸給予我發展的機遇，今天這個小小成就，我要謝謝大家，謝謝技術團隊」，同年還清所有貸款，也購置新居，成功脫貧，讓家人過上好日子。

阿發從一九九六年創業西進到二〇〇五年成功脫貧，傾注人生精力最巔峰的十年，持盈保泰見好就收，一個懂學習的人，不會滿足於身處的環境，面對瞬息萬變的世界，都會不停的尋找機會，在任何領域都能變得強大無比，不管在哪裡都能嶄露光芒，學會蹲下，是為了跳更高。

第3章

文化人

習字

從拿扳手的工人到握毛筆習字的文化人，阿發的藝術策展之路，緣起於向陳朝寶買畫相識，後來逐漸相知相惜，二〇〇七年在北京中國美術館開展阿寶—風雲再起，阿發從一個門外漢走進了藝術殿堂。當代大畫家國家畫院老院長劉勃舒和阿發爾後成為忘年之交，在他調教下成為一名藝術策展人。

從拿扳手的工人到握毛筆習字的文化人，阿發的藝術文化天分完全是欠栽培，而改變他人生的是一個來自東北叫丹丹的姑娘。二〇〇一年的某一天，阿發在上海和平飯店的外商投資說明會上認識丹丹，她當時是上海一家紡織廠的法務助理，人長得很高挑，有東北女孩的直爽性格、熱情大方，跟阿發過去所認識的女生氣質很不同，兩個人很投緣，就開始交往。

丹丹來自遼寧省海城市，出身書香門第，畢業於遼寧大學法律系；父親是地質局的幹部退休，母親早年經商，弟弟在公安局上班；雖稱不上名門望族，但也是大家閨秀，丹丹心地善良個性直爽，談吐大方，寬容大氣，這是阿發選擇丹丹成為人生伴侶的最大因素，人的外表美貌會隨年紀的增長而衰老，人與人個性能不能互相包容，丹丹不是那種嬌生慣養，她認為侍候公婆是她的責任，把家庭照顧好是她的義務，培育小孩是她的天職。

阿發小時候未與父母同住，使得個性孤僻，憤世嫉俗；創業工作長年漂泊慣了，在事業有成之際心底渴望安定和家的溫暖，也希望能達成圓滿家庭的願望。出身貧窮的人都想早日出頭天，阿發也不例外，直到丹丹的出現，漂泊的船才找到港灣，丹丹在孫偉離開昆山餐廳後，及時接管經營，生意總算做起來了，阿發為之感動，由於市政規劃體育館徵收用地，索性將產業轉讓，回台定居孝順雙親。

第一次見到丹丹的姥爺是在東北海城丹丹娘家，姥爺八十幾歲，穿著樸素，慈眼善目，是遼寧大學中文系教授，退休後擔任遼寧省佛學院院長。姥爺屬於地方學者，中文造詣高，精通佛法，培養出三十二位出家住持，在東北的宗教界有很威望（姥爺是東北人對外公的稱呼），阿發對長輩一貫的乖順，嘴巴甜，很快就得到姥爺疼愛。

每回陪著丹丹回娘家，姥爺都會耐心的坐在沙發向阿發說法，姥爺會手把手，教阿發一筆一劃的寫字，每每花好幾個小時，當然起初只是讓老人家開心，和他學字，寫著寫著，也寫出興趣。

老人家很會鼓勵人，明明字不好看，姥爺總說：

「有進步，要持之以恆，人書俱老，越寫會越老辣……」

老人家很有耐性跟阿發解釋，書法的成熟期通常在中年或晚年，因為對於毛筆等一些工具的性能的把握需要一定的時間，用毛筆來轉達和表述自己的內在心裡節奏和情緒律動更是需要反覆的錘鍊。每回和姥爺相處，阿發心裡總不自覺湧出一陣酸中帶甜的幸福感，從小在阿嬤的麵攤洗碗三千個日子裡，從未有過的祖孫間的疼惜與憐愛，是他所無法想像的溫暖感受。

阿發平時經常臨摹「張猛龍碑」、「泰山石金剛經」等魏碑字體。寫字其實是一種運動，氣養丹田運用在指尖中，寫字不只養生，還可以讓頭腦清晰，主要是在練筆的骨力，書法在家隨時皆可進行，初學書法即學大字，懸腕提筆，提中按行中留，全部的氣力在於筆尖，氣定神閒，每每練完幾幅字就滿身是汗，但也如沐春風。隨著年紀增長，阿發每當生活碰到挫折與困難時，就會不斷地寫書法，這也成了抒發情緒的一種管道。

姥爺教阿發從握筆臨帖乃至字形變化，想將幾十年功力全部傳授予阿發，姥爺對阿發的寄望很高。在他的薰陶下，阿發接觸了文學，佛法教化人心的道理，姥爺常說：

「當你有點成就的時候，應該幫幫那些弱勢朋友，弱勢不光是指那些窮人家，行善不是沽名釣譽，很多的文人也是弱勢的一族」

這番話激發了阿發從事藝文工作的動機。

姥爺送給阿發的見面禮是一幅他的書法：

「日日青絲白成雪，任君常照莫蹉跎，妍媸不亂純晶體，古鏡藏真何用磨」，

這首詩的意思大致是

「年輕的時候要多奮鬥，不要虛度光陰而白了頭，在照鏡子的時候勉勵自己，人的美與醜與鏡子無關，既使是一把古鏡子也可以反觀自在。」

阿發一直把這幅書法高掛在客廳中間，時時督促自己。

姥爺王前教授也是阿發文化的啟迪者，阿發一開始不知道什麼是「文化」，總把文明當成文化，後來才知道有很大的差距，文化是人類生活軌跡累積的總成，經過文明的潛移默化。

阿發結婚後最明顯的改變，就是說話用語，過去從事酒店服務員六年，轉而做設備工程，這一行出口常帶三字經，經過文化洗禮，潛移默化下，已經不再滿口髒話了。

策展

二〇〇五年對阿發而言是個多采多姿的一年，阿發白手起家，經過大陸十年的奮鬥，成功脫貧，在事業小有成就後，不以為自豪，也深自警惕謹慎珍惜得來不易的成果。結婚以後開始順風順水，那時候已有點經濟能力，住家已經搬到大廈，也購置了臺北新辦公室，在看風水的命理先生王老師的建議下，辦公桌後面最好掛上一幅風水畫，這幅畫必須要有大山，有瀑布，水從上面流下來後，要緩緩地平流不能太湍急，王老師解釋道，大山代表有靠山，瀑布的流水由上而下，代表財源滾滾而來，流到下方剛好在座位上，所以水要平緩，代表能夠守住財帛。

阿發通過畫廊老闆強尼的推薦，買了陳朝寶所繪的山水畫，這位畫家旅居法國十九年，二〇〇二年剛從巴黎回來台灣，他的作品涵蓋東方傳說以及西方繪畫技巧，融合了現代水墨與油畫發展出其獨特的個人創作風格。阿寶的山水畫，就在阿發辦公室懸掛起來，的確，氣勢磅礡。也因為陳朝寶的畫作，開啟爾後阿發的「悅寶文化會館」，走上文化藝術之路的契機。阿發從一個專門為高科技公司設計建造無塵室起重機的台商，優雅轉身成為兩岸文化策展人。

緣起於買畫相識，後來逐漸相知相惜，阿發二〇〇五年底帶著藝文界人士所暱稱的〝阿寶〞陳朝寶到北京劉勃舒院長家中拜訪，一見如故，當院長看到阿寶的畫作時，讚嘆不已稱許陳朝寶是位風格獨具的畫家，很適合在中國發展，劉院長熱情允諾畫展一定幫忙到位。

二〇〇七年在北京中國美術館開展阿寶「風雲再起」，阿發從一個門外漢走進了藝術殿堂，當代大畫家國家畫院老院長劉勃舒和阿發爾後成為忘年之交。

阿發後來才知道劉院長是徐悲鴻的閉門弟子，是當代水墨界的龍頭，他的畫作常被國家領導人拿來贈送國外嘉賓。在八十年代英國柴契爾夫人到大陸訪問時也是由劉勃舒院長接待，在國家博物館、人民大會堂皆有劉院長的畫作。

「藝術策展人」的封號是劉勃舒院長賜予的，阿發一直推辭不敢當，自認不是科班出身，劉院長堅持並教導他許多辦展覽的訣竅，例如如何開場白，如何做結語，如何致謝詞，並傳授很多技巧，這些實務傳承勝過讀十年書。

日後在展覽上的問題，阿發常請教劉院長，他總是會適時在旁邊拍拍他：

「上去講兩句」，

阿發躊躇不前，自慚於自己是一個扳手工人，在這些藝術家前輩面前哪有膽量，但是劉院長總說：

「沒事，我在這裡不用怕」

久而久之阿發就名正言順成為了藝術策展人。

就學

二〇一六年四月阿發看到一則招生廣告，他眼睛一亮，思緒回到當年在酒店角頭財哥跟他說的話：

「要好好唸書不要入幫派…」

這是台灣師範大學成立【國際時尚】GF-EMBA碩士班的招生廣告，鼓勵像世界盃麵包大賽冠軍吳寶春具有卓越成就的傑出人士，不用文憑只要有特殊的貢獻就可以來報考，這個被稱為「吳寶春條款」，主要是在社會上工作了很多年，通過自身的努力得了很多獎或者是參與很多慈善活動，只要附上個人能力經歷及有利審查的資料如：獲獎紀錄、推薦信、專利、著作、發明…等，不用考筆試只需經過書面審查及面試通過即可。

阿發自高二輟學後，一直在社會為生活拼搏，直到二〇〇五年成功脫貧後至二〇一五年十年間陸續從事許多文化活動，自忖應該很有機會，他信心滿滿，立即報考了第一屆GF-EMBA，被譽為最難考的EMBA，面試那一天，阿發緊張到手心冒汗，準備不足，答非所問，幾乎不知所云…放榜結果，想當然爾，阿發落榜了！

落榜後阿發深切檢討，不是自己太弱而是對手太強了，但人生沒有放棄的理由，在哪裡跌倒就在哪裡爬起來，阿發相信有朝一日一定可以進去那個窄門，鬼谷子說：

「成大事者，必懂謀略」

阿發猶記當年考上木柵高工的「三更燈火五更雞，擬定策略全力以赴」，經過商場歷練的阿發已非昔日吳下阿蒙，經過自我分析後，開始閱讀大量文章、在媒體發表社論，每年在中華文化論壇提交論文，所發表的「深化兩岸文化合作新路徑建構中華文化合作示範區」，被編入北京大學論文集並且選入了研究要報，另外也訓練自己口條表達的能力。

到了第三年，阿發在夏教授的鼓勵下，再次送出書面資料，心裏著實忐忑不安，當時江明賢、林章湖、黃進龍三名教授向學校提交推薦函，終於取得了面試資格。準備面試的過程中，阿發請教師大的教授友人，沙盤推演模擬面試問答，教授友人給他一個建議：

「考試委員會從考生自我介紹中發掘問題，所以得清清楚楚地表達，曾經做過哪些事蹟，產生多少影響，大方地講，不必謙虛保留，他們想錄取的，就是充滿自信有所為的學生。」

到了面試現場，雖不至於像上戰場般肅殺，但阿發志在必得難免也有得失心，他快速環視了一下，四位考官依序為校長張國恩、夏教授、周教授、余湘老師一字排開，阿發將事先準備的個人簡介發給考官，希望在口述的過程中讓考試委員們留下深刻的印象。

夏教授開頭問：

「張阿發，現在請你自我介紹，時間三分鐘」，阿發記取第一次面試失敗經驗，保握機會侃侃而談，從小到大的過程及辦過那些文化活動，足足講了八分鐘，校長張國恩面對這位策展人，很直白問道：

「你已經這麼優秀，幹嘛還來師大？」

「我會開店，但我不會煮麵，我要通過正統的學習，成為真正的專家。」眼前這位事業有成的策展人，雙眼炯炯的目光望向在座的四位考官，說出強烈的渴望，出身貧寒不向命運低頭，他堅定的意志，奮發向上的決心。

當阿發通過面試，錄取了臺灣師範大學國際時尚碩士班，放榜的那一天，久久不能自已！這是他從未想過的事，終於實現夢想第一步，他相信人的命運可以藉由為善而改變。

阿發成為一位研究生，二〇一八年九月入學第一天，他穿著紅鼕鼕的中式上衣，從台師大正門的水池廣場走進校園，臉上充滿喜悅，手舞足蹈，生怕別人不知道他是考上的學生，內心有點靦腆，卻掩藏不住興奮，阿發只差沒在胸前掛個大大名牌，告訴大家：

「我是張阿發，台師大 GF-EMBA 碩士班新生。」

當然他沒這麼做，但他非常樂於主動和同學交流。

上課前一小時，阿發早已走進教室，坐在第二排的位置，這樣老師講什麼比較聽得清楚，發問時老師叫他也比較容易聽得見。阿發小時候跟著阿嬤在雙連賣麵，後面就是火車平交道轟隆轟隆的聲音伴隨著他成長，到大陸創業又坐了上千架的飛機，四十幾年下來，右邊耳朵長了兩顆膽脂瘤，開刀後失聰。

阿發因成長環境及從事傳統起重機業務，談吐草莽且帶著土豪氣味，在師大求學過程中，遭受很多質疑眼光，尤其是那些有品牌或做設計師的同學常常說：

「這種土包子，小混混也配來讀我們GF」，

言下之意，好像是阿發通過關係走後門進來的，私下的竊竊私語傳到阿發耳邊，阿發並不太在意，畢竟每個人的成長環境背景大不相同，阿發非常珍惜能進入臺師大這個知識殿堂，猶如進入寶山，他要保握學習機會，入寶山豈能空手而回？凡走過一定要留下痕跡，阿發在內心暗自立誓「我不僅要挑戰自己，而且還要創紀錄」，這是他立下的目標。

來讀EMBA的，有二種人，一種是來拿學位，一種是來交朋友的，阿發因為年少輟學，很積極的來拿文憑，上課特別用功，勤做筆記，上課不久就開始組織自己的論文方向，「我一定要準時畢業」，阿發非常篤定野心十足。

剛開始阿發與同學的互動非常良好，大部分同學對這位開著賓士房車，手腕帶著百達翡麗金錶的同學，充滿魅力與神祕感充滿好奇，有些同學認為他既是成功創業家，也是兩岸藝術策展人，擁有豐富的文化藝術涵養，還願意來校園上課。

但能進得了台師大國際時尚班的研究生，都臥虎藏龍，個個來頭都不簡單，也都很自負，誰也不服誰，各自盤踞山頭，意見總有分歧，江湖水很深，不久就開始蜚短流長，閒言閒語，就如處世箴言：

孔子說，三人行必有我師；但誰是誰的老師呢？

老狐狸說：寧拜人為師，勿好為人師。

常有人感嘆，朋友何其多，「知心」沒幾人？

老狐狸說：朋友貼心就好，不必知心！

看到欲殺之而後快的對手時，該如何應付？

老狐狸說：當眾擁抱你的敵人。

有時我們必須看人臉色，仰人鼻息；

老狐狸說：在人屋簷下，一定要低頭。

這些語句提醒別人同時也是在勉勵自己，每一句話都富藏高深智慧。

從事文化工作最大的收穫，就是以這些紀錄考進了臺灣師範大學碩士班，彌補早年輟學的遺憾，阿發常想起自己原本是井底之蛙，跳上了青天又害怕，也就是當年華君武老先生送給阿發畫作：

「人人都誇天好大，見了青天又害怕，接出井口擔風險，不如任坐井底下」，積極向上的努力，十四個月通過論文口試，取得碩士學位。

人生這台列車每一站都是驚喜，台師大國際時尚碩士班（GF-EMBA）的學習之旅，未來將造就另一個「阿發」。

當年酒店客人一段鼓勵的話對一個懵懂少年的影響會改變他的一生，一個酒店少爺埋在心底的夢想，想著未來有機會一定得補上輟學曾經缺乏的那一塊，否則賺再多的錢，永遠也不會被尊重。

扶青

從小在逆境中成長，未與父母同住，沒有童年的記憶，使得阿發個性有點孤僻、憤世忌俗、眉宇間透著暴戾之氣；年少為了脫貧把金錢物質看得很重，在喧囂的塵世中擊風搏浪，總想一步登天，內在焦慮積鬱，壓力默默承受；如今雖非大富大貴，但生活還過得去，家庭圓滿，太太丹丹寬容大氣，婆媳相處融洽，把家族都照顧好了，陪伴兒女童年成長，氣定神閒自我反省，沒有愧疚。

透過藝術文化的感染力，潛移默化其心性，阿發學者認識多了，真正的生活是在於精神上的提煉，逐漸理解到個人價值，心靈有了餘裕，人也變得柔軟謙虛，由內而外散發出自信的人格魅力，勤練書法，崇尚藝術，觀賞自己的收藏品字畫，成了阿發最佳情緒的紓壓與慰藉，自然湧出向新事物挑戰的能量。

阿發考進台灣師範大學國際時尚碩士班，彌補早年輟學的遺憾，在人生拼圖中把缺憾的那一塊補上去，在師大就讀期間，阿發與台灣時尚界菁英們交流、資源流動，加上原本在藝術界、兩岸文化界的人脈，吸引潮牌「MF」登門造訪。

這一天，不到四十歲渾身充滿闖勁的年輕人 Eric 帶著 Linda 來拜訪，阿發正在補錄一段視頻給北京大學即將舉行的第六屆中華文化論壇，

「兩岸的文化合作可以有個區塊，中華文化合作示範區的概念，畫家可以到美術中心去展覽，音樂家可以到演藝中心去表演，研究文學的可以到國學中心去探討，形成文化生態圈。」

阿發說：「文化源於一中，大陸與台灣，就像相隔的兩顆樹，看似遙遠其實根是連在一起的，樹遠根連。」

Eric 在一旁聽到最後一句話像被電了一下，由衷佩服，他做潮牌這麼多年，頭一次觸及到文化人的精髓，眼前這位氣宇非凡、英姿煥發的阿發，應該是一個合夥的好對象。

Eric 言簡意賅介紹 MF 的品牌核心精神，描繪對未來的憧憬，他說

「MF BY G.C.D.C，MF 就是「Made in future」，簡而言之就是引領未來的潮流時尚，而 G.C.D.C 就是他所帶領的團隊，也是最大的核心價值。Eric 接著說：

「MF 強化品牌主視覺走向國際，所有的翻轉圖騰再細緻化、品牌多元化發展不侷限衣飾，MF BY G.C.D.C 也跨域與藝人明星網紅合作推出限量商品，並且陸續開出 MF Live、MF 旗艦店，未來還有新形象概念店。」

阿發直覺看好眼前這位能力和經驗正值成熟巔峰的 Eric，他個人一直有個心願想要幫助年青人圓夢，善盡社會責任，正好可以利用 MF 品牌優勢以潮流影響力來扶青。

理念相同的兩人眼神交會雙手緊握，Eric 告訴 Linda

「今年臺北潮流時裝周結束後，我們就來幫年輕設計師圓夢，提一個扶青計劃。」

第4章

海選

臺北潮流時裝周

全球知名時尚潮牌 MF 藉由公開舉辦扶青設計大賽，
想要提拔有設計才華的年輕人，
獲得冠軍的團隊不僅有五百萬的獎金，
還有機會參與 MF 的新一季新裝設計。
海選題目為—翻轉潮流，參賽者需選用一張有人物的圖像或畫作，
作為賽程的基本素材，只要 MF 通過，就可以進入第一關賽程。

近幾年在時尚界急速竄紅的潮牌「MF」，在信義區五星飯店宴會廳舉辦「臺北潮流時裝周」，祝賀的花籃絡繹不絕送入會場，排列在兩側；場外等待入場的觀眾聚集在 Cocktail Party 飲料區互動交誼；入口處 logo 背板牆前藝人與貴賓正在接受電視台記者 SNG 受訪；秀場後台正如火如荼得進行中，化妝師、髮型師正在為模特兒妝髮；Dresser 在秀導指揮下整理走秀衣物、鞋包配件，以備開場幫模特兒快速更衣；妝髮準備就緒的模特們正在排隊等待出場，社群時代，這一場「MF」二〇二一新裝發表會因應行銷做直播秀，幾個網紅各自找好位置就開始做起秀前直播，「MF」設計師麥可確認後台工作後就走到會場，招呼坐在頭排的貴賓，他隨時留意入場方向的動靜，可不能讓幕後大老闆到場而沒人接待阿。

「臺北潮流時裝周」會場門口，前來朝聖的雅禮學院服裝設計系學生翹首立足，等著進場，秀就要開演了，同學焦躁不已，老師還沒到，其中一位看似很有經驗的同學說：

「MF品牌主打翻玩與二創的設計，在網路常帶入很有趣的話題，而且吸引很多一線的藝人投入…。」

「吼！柳柳，你還真懂哦！快看，那邊被記者圍住的人是周董耶！」

同學們順著嚴浩手指的方向，看到被人群簇擁著的藝人們，被暱稱叫路人甲的同學說：

「這是全球時尚圈的盛會，一定會邀請各種明星、網紅來出席，提高曝光率，而且他們一定會被安排坐在第一排，頭排也是攝影師對準的焦點…」

「哦！看來你消息很靈通喔！疑！立廣老師怎還沒來阿？他就是一副不想帶我們來的樣子，拖拖拉拉～」雨芯焦急的看著錶。嚴浩滿臉不悅的說：

「就是說嘛，若不是我們主動要求，他才懶得帶我們來看秀。」

「老師來了！別說了！」柳柳示意大家閉嘴。

王立廣老師滿臉疲憊，意興闌珊，出門前隨意從衣櫃找了件衣服套上，皺巴巴過時的襯衫，凌亂的頭髮，兩鬢沒修整乾淨的鬍渣，他一向不喜歡參加這種光鮮亮麗的時尚場合，挨不過同學央求，只好跟大家來觀摩，出現在這裡，只會讓自己顯得更狼狽頹喪。守在會場入口處的嚴浩和路人甲一看到立廣出現，就顧不得一切，領頭往會場快步走進去，立廣緩步跟在最後。

張曉東精算好時間，從電腦電玩世界激戰中離開取下VR眼鏡放在桌上，起身梳洗完畢從衣櫥裡整排的西裝中挑出一套Ferragamo深藍色正裝，搭配訂製皮鞋，他要出席「MF」2021新裝發表會」時尚秀，在這種場合一定會有網紅或電視台記者把麥克風堵在他面前，請他說幾句話，這對他已經是熟門熟路了，一點都難不倒他，遺傳自老爸張阿發高大挑拔身材和母親立體精緻五官，合身西裝，頭髮用髮蠟抓出隨性線條感，曉東不用刻意打扮，站出來就是一個高富帥型男氣場。

這種時尚秀，他在英國聖羅蘭潮流與藝術學院留學那段日子，就參與過很多次，他喜歡藝術美學，繪畫功力一流，還贏得英國青年服裝設計大賞，但其實那不完全是他自己的功力，是他的青梅竹馬陳思思偷偷捉刀，比起服裝設計師其實他真正的夢想是想成為一個電競選手。

曉東開著跑車享受飆速快感一路往會場出發，陳思思已經從會場打過電話確定他到場時間了，不巧路上遇上一輛舊型重機，戴著全罩式安全帽的騎士看似一直故意擋路，曉東忍不住按了幾次喇叭示意他讓路，這位騎士顯然不為所動，依舊我行我素持續龜速行進，曉東已經按耐不住心中怒火，用力按幾聲喇叭後加快速度與重機並行隨後超越他，從後視鏡看到重機騎士居然耍悍，對曉東比了中指後隨後加油超過他的跑車，曉東不滿重機騎士的挑釁，用力踩下油門，排氣管發出動人心魄的轟然巨響，雙方你來我往儼然把街道當作賽車場互尬起來，忽快忽慢險象環生，兩人經過一個轉彎直行，前方出現一個安全島，曉東一時之間沒抓好角度，差點撞上重機騎士千鈞一髮之際，立刻扭轉方向盤撞到安全島上，而重機騎士為了閃避也撞到安全島，整個人摔倒在地，引來路人圍觀，重機騎士叫于恕，翻身一躍而起，脫下安全帽，扶起擦撞磨損的重機，擺出想幹架的架勢，對著曉東咆哮著：

「給我下來，開跑車的就了不起，狂按喇叭，路你家開的？想怎樣？」

曉東先連絡好道路救援才下車，他怕到會場時間來不及，只想排除問題快點離開，根本不想吵架。只不耐煩的說：

「這位先生講話客氣點，我有事，沒時間跟你耗，你實在不應該佔道」

于恕看到跑車男，一看就是那種含金湯匙出身的富二代，調侃的說：

「開你富爸爸跑車出來，也要練好技術，光是穿得很趴，皮鞋亮到可當鏡子，有啥用？」

「喂！請你講話別那麼囂張，…」曉東因父母從小管教，不想跟這種人計較。

這時，一部拖吊車停靠路邊，穿著灰色泛白陳舊工作服的年輕女性從駕駛坐走下來，藍青提起後車廂工具袋熟練的扣上腰際，對著正在爭吵的兩位大聲喝斥：

「別吵！是誰打電話叫道路救援？」

「是我！你負責處理嗎？」曉東看眼前這位腰繫工作袋的年輕女子，長得高瘦清秀，心想，這種修車粗活她會嗎？略帶輕藐語氣回答。

于恕一眼認出是同校的學妹，揮手打招呼說我們在學校見過，藍青懶得理會，等修完車再說，現在甚麼狀況？兩人爭搶著要爭辯，藍青說：

「我很忙，你回駕駛座發一下車」

曉東順從的回到車上，發一下車，但發不動，藍青俐落的打開引擎蓋，拿出扳手敲打一番，再請他發動看看，這一下居然就發動了，曉東很詫異趕緊收起剛剛輕挑的神情，連番道謝，並問多少費用。藍青拿出紀錄本請曉東簽字並回答：

「信用卡公司會處理」

曉東簽完字急著趕去服裝發表會場，向藍青道謝後，回瞪了于恕一眼就驅車離開。

藍青走到重機前，看著于恕還在想辦法對付那台老爺重機，說：

「我來吧！」

于恕半信半疑讓開，只見藍青又拿起工具敲打幾下，叫他發動看看，很神奇居然就修好了！趕緊說謝謝！問修理費多少？

藍青笑著說舉手之勞，就算做功德！你是雅禮資訊系的于恕，以後別在路上跟人尬車就好，老爺車經不起再撞喔？

「我叫陳藍青，我還要趕著回去上班，掰！」

說完，轉身上了拖吊車，把車開走。

于恕沒想到藍青認識自己，有點竊喜，望著藍青離去背影，自己也騎車離開。

開車路過停在路旁目睹這一場尬車糾紛，以及穿著工作服的女子修車救援的過程，張阿發走下車來撿起掉在地上陳藍青的學生証，心裡有幾分狐疑。

阿發抵達會場，燈光暗，音樂下，布幕拉起，模特兒魚貫走出，在快節奏的音樂中，走完四十八套新裝。

秀一結束，觀眾各自沉醉在音樂與時尚的節奏中，網紅珍妮花正在T台另一端作直播，看到曉東挽著陳思思這對俊男美女走過去，立即用極度誇張的語調驚呼：

「天阿！鏡頭前的觀眾，你們不會相信我的天菜男神出現了」

一手摀著胸口，一邊喊著，我快不能呼吸，一邊作態，就像「傲慢與偏見」中，一聲嘆息隨即就要暈倒在沙發上的淑女般。與此同時，珍妮花踩著細高跟鞋用飛快速度衝過去，將麥克風杵在曉東面前，用力擠出自己的事業線，用豐滿的身軀擋住思思：

「你好！我是珍妮花的頻道世界的主播 Jennifer 珍妮花，請跟觀眾打聲招呼」

「珍妮花的頻道世界的觀眾，大家好，我是張曉東」

曉東對著鏡頭落落大方，他用自己最佳角度面對鏡頭，並用深情的眼神專注的看著鏡頭，就像和觀眾的眼神直接接觸般，思思則識相的後退一步站在一旁。

「曉東先生，請問你對潮牌的看法？」

「我覺得潮牌是一種態度，要結合時尚、又要屬於自己的特色，被大眾喜愛和接受」

「說得太好了，沒想到你對潮牌有這麼深刻的見解，用這麼精準的一句話傳達給觀眾，我最欣賞你這種內外兼具的男神了」，

哦，曉東，怎辦？我情不自禁叫出你的名字了⋯

「妳的直白讓我們的距離更近了」，曉東露出友善的微笑說著。

在這個網路當道的時代，社群威力不容小覷，珍妮花的直播網站上立即湧入粉絲按讚留言，直播的粉絲已經衝破一萬了，粉絲都說曉東好帥、好有禮貌，也有人說可以去拍偶像劇了！謝謝你，希望我們能在見到你。

曉東面對鏡頭揮了揮手，珍妮花示意攝影師關掉鏡頭，並從名片夾抽出名片遞給曉東，

「這是我的名片，上面有我的連絡電話，歡迎隨時請我吃飯，我要趕到下一場了，掰掰！」

「謝謝妳，see you！」

曉東禮貌的目送她離場才鬆了一口氣，思思很習慣曉東是個媒體寵兒，她都會識趣的站在一旁等候。

會場的另一端，事業有成加上經過文化藝術洗禮後的阿發，穿著GIORGIO ARMANI剪裁合宜的西裝，戴著TOM FORD黑框眼鏡，散發自信魅力與品味，他意氣風發神采奕奕的與現場賓客打招呼。

一群看完秀的學生，興奮莫名的討論剛剛的服裝設計，說著遠大夢想，並指著阿發的方向問立廣老師：

「老師，他是名人嗎？你認識嗎？」

立廣轉頭過去剛好跟阿發眼神對個正著，一時氣氛凝結在空氣中，兩人剎那間愣住，當年大稻埕的公子哥和眼前的頹喪窮酸模樣是同一人嗎？阿發的風采如陽光般刺眼，宛如冷冽刀鋒映照自己的狼狽，立廣自慚形穢，避開他的視線，腦海中不堪的過往一幕幕重播著；從過去一向在阿發跟前的孫偉，如影隨形隨侍在側，學生同時都望向立廣，當下這局面豈只是腹背受困，簡直是八方受敵。

阿發轉身小聲問了孫偉：

「王立廣怎會來這裡？」

「他喔！就老婆走了又事業失敗，後來在孫寶他們系上當老師啦」，

孫偉面露不屑的回答，阿發非常震驚心蘭走了？孫偉叫阿發先別激動，阿發不顧孫偉攔阻，三步併二步走到立廣面前，帶著慍色問心蘭是怎麼走的？

「抱歉！是我沒照顧好，我…」立廣面色如土，麻木的回答

「抱歉？你現在才知道抱歉！以前怎不知道抱歉？」

阿發想到當年被打斷手的恩怨，立廣還欠他一個抱歉，聲量不自覺放大起來。

孫偉看到學生在旁邊有點嚇到，趕快打圓場

「好了，現在活動現場，待會再說」

此時MF設計副總監麥可，看到阿發趕緊從遠處疾步過來曲意逢迎熱烈寒暄

「張總，您好！這裡有甚麼需要我協助的嗎？」

「麥可，恭喜你升任副總監，這位是孫偉，我的好友，他現在是雅禮學院家長會會長，孫偉，這是MF設計副總監麥可」

「既然是張總介紹，我當然要幫忙招呼，同學們，我帶你們參觀整個會場及後台」

同學雀躍不已。已經連尊嚴一點都不剩的立廣，本想拒絕，但看到學生雀躍不已，只好同意的說：「那就麻煩了！」

「你們有甚麼問題都可以問我，我一定知無不言，言無不盡」

麥可邀功討好的望向阿發，阿發微笑點頭表示讚許。

同學你一言，我一語的問了

「請問畢業後是不是就可以當服裝設計師嗎？」

「對阿！我也很想來 MF 當服裝設計師⋯」

面對學生這些幼稚的問題，立廣尷尬不已。

麥可當然不會放過任何嘲笑的機會，忍不住笑著說：

「同學們，服裝設計師可不是你們想的那麼簡單，首先需要具備服裝設計師的特質，就是要有天分，還要有敏銳的觀察力與色彩運用的概念，對藝術還要充滿興趣，請老師多多教導⋯⋯」

麥可說完用輕蔑的眼神帶著驕傲，看了站在旁邊的立廣一眼，立廣臉色一陣青一陣白，感覺自己當場被一把長刀刺入心窩，正在淌著血般的虛弱，恨不得立即逃離現場。

落魄教師

隔日立廣回到學校，走到教室外，就聽到同學熱烈討論昨日在「MF」發表會看秀的景況，對同學的描述與語氣全部聽在耳裡，立廣覺得難堪與難過，但他不怪學生，也不想辯解太多，畢竟他們不懂畢業後的職場進入流行時尚產業，是高壓的工作環境下，堅持下去的信念就是靠著一份熱忱與初衷，並不像他們所幻想的，以為踏進光鮮亮麗的時尚產業，就是夢想成真，自己在雅禮教書，就像行屍走肉般，在心蘭離開人世後，他的內心早已經空了，只剩下一具空殼。在眾人你一言我一語的抨擊下，立廣聽到雨芯說了句公道話：

「這不關老師的事吧？我們是學生，對業界的事情本來就不瞭解，就算問了蠢問題，麥克也不應該大驚小怪嘲笑我們。真正的問題還是出在是麥克的態度，你們這樣說，對老師不太公平。」大家聽著雨芯的勸說安靜了下來。

立廣走到學校會議室參加教職員的校務會議，副校長重重丟了一疊財務報表在桌上。

「你們看看，財務報表上全部都是紅字，各位老師，我們學校現在已經面臨社會少子化、招生招不到的問題，如果再不想辦法，大家就等著失業喝西北風吧！」

教職員擔心生計問題，私下議論紛紛，立廣心中也擔憂不已。有幾個教師紛紛建議

「招不到學生是所有大專院校普遍面臨的問題，我們是不是多些經費在宣傳上，或是想出與眾不同的特色，才能吸引學生。」

「是啊！我們雅禮學院最強的就是設計相關科系，應該主打這些強項啊！」

副校長想你們都很會說，那，誰來執行呢？眾人眼光投向立廣。

副校長也認為立廣應該負責。

「王老師，你有甚麼實際的行動和意見？」

立廣一愣，一時之間還不知如何應答。校長此時帶著家長會長孫偉進來，說有一件重要的事情要宣佈，會議室裡立刻安靜下來。

「昨天本校家長會開會，已經討論出一個結果，為了學校的未來著想，家長會推派會長，也就是我身邊的這位孫偉孫會長，由他來協助我們推動校務，加強服裝設計系的師資實力，我們以熱烈的掌聲感謝孫會長指導。」

在場老師們有的感覺詫異，但仍鼓掌表示歡迎。孫偉說著場面話：

「謝謝，請大家多多指教，我會代表家長會，全力協助校方，讓我們「雅禮學院」能更上層樓，成為大專院校的龍頭。」

立廣心中憋著氣如鯁在喉，會議結束，找孫偉問個清楚：

「孫偉，從你擔任學校家長會會長以來，就處處針對我、打壓我，現在還跟校長說要加強我們系上的師資實力，只差沒有指名道姓說是我，我到底是哪裡得罪你了？」

孫偉一向能言善道，個性圓融，從大陸回到台灣開了韓國炸雞店，憑著常送鷄排給學校，居然當上了家長會長，他油嘴滑舌的說：

「你別開玩笑了！我哪有這個本事？我只是能找到可以資助學校的金主，和爭取更多的建教合作機會而已。至於你，請問你對瀕臨倒閉的學校有甚麼貢獻？」立廣：

「貢獻？這麼多年的教學都不算個事？沒有功勞也有苦勞吧？我在雅禮學院也不過是個小小講師而已，混個溫飽，你有必要把我趕盡殺絕嗎？」孫偉：

「王立廣，你真的還活在過去耶！就是因為你我相識多年，我提醒你，不要以為你還是當年那個闊少爺，今非昔比，請你認清現實吧！」

立廣緊握拳頭，和孫偉兩人怒目相視。

約莫過了幾天，教職員又齊聚一堂照例開會，孫偉站起來發言：

「各位老師，我們一定要正視學校財務危機的事實，唯一解決的辦法，就是設法和更多的大品牌服飾公司建教合作，不僅吸收國際設計師的宏觀，更能激發學生的創意、帶動潮流。」

他接著宣佈：

「全球知名服飾品牌「MF」即將公開舉辦扶青設計大賽，獲得冠軍的團隊不僅有五百萬的獎金，還有機會參與「MF」的新一季新裝設計。」

孫偉的宣佈，立刻引發教職員們熱烈討論。如果我們學校贏得冠軍，就不怕招不到學生，學校有救了！

副校長：「MF」這麼大的國際品牌，要贏得冠軍恐怕不容易，孫會長，難度很高啊！」

「我們沒有別的選擇，唯一的選擇就是拿冠軍！」孫偉說道。

「孫會長，既然你要求我們學校要組團參賽，那麼，總要有個負責人吧！我看，就是……」

不等校長講完，孫偉立即接話：

「就是王立廣老師負責組團參賽。」

立廣一聽，孫偉根本就是挖坑讓他跳，他直覺就是想逃離。校長順水推舟的說：

「王老師是服裝設計系的講師，教學經驗豐富，確實很適合，王老師，我想你應該可以擔此重任吧！」

立廣心中很是抗拒，但副校長及在座老師都不想背負搞垮學校的罪名，更不想負起責任，大家都心照不宣贏面不大，於是共同有默契地找了立廣當替死鬼，把這個吃力不討好的事情交給他。

校長看出老師們急於丟出這個燙手山芋，說好，我就尊重大家的意見，把組隊比賽的重責大任交給王立廣老師負責，但是，我要強調，這不是王老師一個人的責任，而是大家的責任，如果比賽失敗，所有的老師都將跟著王立廣一起滾蛋。這句話雖說得漂亮，對立廣而言一點也沒幫助，他內心暗暗叫苦。

立廣回到家，簡陋的客廳牆上仍掛著他與亡妻心蘭的結婚照，縈繞不去的自責和愧疚，積累多年的委屈和哀傷，看到阿發在時尚秀場精氣神十足，散發成功人士的耀眼光芒，他不禁感嘆自己就是個失敗的魯蛇，黯然神傷淚水在眼眶裡打轉⋯

認識心蘭是在一九八七年，那時立廣和阿發兩人是好哥們，在大稻埕豬屠口的一家冰店吃冰時，看到一個穿著碎花洋裝、頭戴髮箍，年輕貌美的女生進來，吃完冰卻發現沒帶錢正跟老闆在打商量，阿發一眼瞧見主動幫她解圍，丟了一張百元大鈔給老闆，立廣知道阿發看上心蘭，幫他助攻要到電話，心蘭對外型瀟灑，個性有點害羞的立廣留下深刻印象，世故圓滑的阿發則常主動邀約，三人從十六歲起就成了無話不談，一起成長的好朋友。

一九九六年阿發準備去大陸發展前夕，為處理去廣州的事，忙得分不開身，託孫偉轉告心蘭，也探詢心蘭是否願意跟他一起去大陸發展。心蘭帶著立廣一起赴約，孫偉記恨立廣害阿發手被打斷的過節，對立廣很不友善，責怪心蘭把立廣帶來，心蘭說：

「我知道立廣跟阿發有過節，但是大家都是好朋友，事情也都過去了，他其實也很關心阿發，你今天約我，說要談阿發的事，所以我也把立廣一起帶來。」

「心蘭，阿發要我轉告妳，他遇到了貴人，所以要離開台灣去廣州發展。阿發覺得現在的工作沒有甚麼前途又很操，所以家裡標會資助他去廣州發展，趁年輕去外面闖闖。」

心蘭覺得這是很好的機會，阿發怎麼沒有親自告訴她？她請孫偉轉告阿發，祝福他鴻圖大展。孫偉說：

「現在對岸給台商很多優惠政策，妳也可以考慮看看要不要一起去廣州發展？這樣彼此也有個照應⋯」一五一十照著阿發的意思清楚的轉達。

心蘭看向立廣，回答這是大事，她要回去問爸媽，也要考慮一下。立廣裝作若無其事，叫心蘭不要看他，自己決定。心蘭鼓勵的說：

「立廣，你很有藝術才華，也許可以從這方面發展。」立廣回說：

「當藝術家都很窮，賺不到什麼錢，我已經考慮和幾個朋友在台灣開人力仲介了。」

孫偉看看手錶，說店裡今天人手不夠，要趕快去上班，叫心蘭多保重，就匆匆離去，留下立廣和心蘭。

當晚，立廣送心蘭回家，一路上兩人都沉默不語，各懷心事若有所思，空氣間瀰漫著一絲絲曖昧的氣氛，一直到了羅家公寓樓下，兩人依依不捨，誰都捨不得先離開，彼此都沒有邁開腳步，沉默中兩人互相推讓遊移，欲言又止。立廣一直站在樓下看著心蘭上樓進門，看著心蘭家的燈亮起，立廣這才轉身離開。立廣走到一半，忽然心蘭氣喘吁吁追上來在後面叫他。心蘭知道，錯過此刻表白機會，也許就真的錯過了！

她其實一直是喜歡著立廣啊！立廣停下腳步，回頭。心蘭鼓起勇氣問立廣你真的願意讓我離開你嗎？立廣一愣，不知所措，他不確定心蘭這句話的用意，自以為是他自己在暗戀，心蘭和阿發才是一對，難道，心蘭早就察覺自己的情意？心蘭說自己一直很愛慕有才華的立廣，立廣又驚又喜，受寵若驚，她親吻他，兩人開始了纏綿的熱吻，立廣想到那晚心蘭溫婉深情的擁抱，一陣苦甜滋味摻雜陣陣痛楚從四處襲來。

立廣與心蘭結婚後，心蘭賢慧持家，但立廣不切實際，好高騖遠，從小生長在富裕家庭被呵護慣了，家中大小事也都是父輩決定，後來家道中落後，立廣自己創業又不順。

二〇〇七年下雨的那一夜是立廣一生永難磨滅的日子。「立廣人力仲介股份有限公司」被合夥人掏空公司捲款逃跑，工人們拉起白布條抗議，上面寫著「欠債還錢」、「黑心公司、惡意倒閉」字樣，工人大聲咆哮：

「公司惡性倒閉，連資遣費都沒有給我們，欠我們四個月薪水沒給，趕快還錢啦！」。

立廣面對一群債主和工人，懇求大家冷靜，答應一定會想辦法還錢，債主們哪聽得進去？罵他騙子說謊，一點誠意都沒有！工人們拿出紅色油漆潑在立廣身上和四周、公司大門，立廣伸手想阻擋，債主和工人一擁上前，立廣遭到圍毆打趴在地上。

在滂沱大雨的夜晚，立廣鼻青臉腫渾身狼狽回到家，心蘭懷孕七個多月，坐著等立廣回家，看到立廣的模樣連忙把他扶到沙發上休息，先倒杯茶給他，準備放洗澡水讓立廣泡個澡舒服一點，走到浴室門口，忽然一陣腹痛如絞，她強忍著跨步走，唉呦一聲，連站都站不住，連忙扶住椅子，低頭一看，鮮血從大腿流下。

立廣見狀，顧不得被打得全身疼痛，立即扶著心蘭出門開車送去醫院，豪雨中心急如焚，載著血流不止的心蘭，心蘭說之前產檢，醫生告訴她子宮有肌瘤，好不容易才懷上小孩，不知道為什麼，這幾天下腹又有出血的徵兆。立廣邊開著車，一邊懊悔的說都怪自己當初太貪心，才會搞到今天負債累累的局面。心蘭一邊安慰他，別怪自己了，提醒他小心開車，不要開那麼快。

大雨嘩啦啦下著，對面向一輛轎車裡，父親開著車，媽媽坐在旁邊抱著一個裝著旗袍的扁紙盒，後座是個小男孩，一家三口有說有笑地聊天，車內的氣氛輕鬆愉快。

「小恕，今天是你的生日，爸爸送了這件人家訂做的旗袍之後，就帶著你跟媽媽去吃大餐，好不好啊？」于父說。

小于恕拍手開心地歡呼。于母打開盒子拿出旗袍跟小恕說：

「你看，爸爸做的旗袍是不是很好看啊？媽媽知道你也很會畫圖，以後要不要像爸爸一樣，做很多漂亮的衣服啊？」

一家人開心的等著交完客戶旗袍後就要去大肆慶祝！

立廣一陣倦意衝上來，打了呵欠，從擋風玻璃上看到對面一輛大卡車要超車，車燈直射眼前，立廣趕緊轉方向盤，發現正前方有一輛私家車，說時遲那時快，立廣車速過快來不及反應，直接大力撞上山壁，對面的私家車也因立廣影響，閃躲不及迎面撞上電線桿，惹禍的大卡車早就快速離開。

大雨一直下，兩輛迎面撞上的車前方全毀，在微弱的路燈照射下，除了雨聲，完全是一片死寂。過了許久，立廣慢慢醒來，受了輕傷的他轉身叫心蘭。立廣伸出手指探試心蘭的呼吸，心蘭早已無氣息，鼻孔裡慢慢流出血來。立廣見狀，抱著心蘭撕心裂肺痛苦大哭，好不容易慢慢平息下來，他想到對方的車輛，放開心蘭，用力推開變形的車門，爬下車來，淋著雨踉蹌走到于恕全家的車子旁，從碎裂的外觀，見到前坐一男一女滿臉鮮血，也無生命跡象。

全身溼透的立廣又驚慌又害怕，他簡直沒有辦法承受這一切的事實，大雨打在立廣的臉上、早已分不清是雨還是淚。

忽然，後座發出孩子的大哭聲，立廣費力打開車門，把七歲的于恕拖出來，這孩子身上、手上沾了一些血，卻居然毫髮無損，淚流滿面的立廣蹲下緊緊地抱住這個嚎啕大哭的孩子，彷彿此刻全世界只剩下兩人相依為命。

四周滿地都是碎玻璃，在微弱街燈照射下，發出璀璨的光芒，一個紙盒因為撞擊而飛落地上，露出裡面的美麗新旗袍，救護車警笛聲由遠而近。

沒想到為閃避大卡車超車，閃避不及，當場撞上，肇事的這場車禍，心蘭和懷中的小孩傷重不治，轎車上一對年輕夫妻當場死亡，他從車裡拖出來的一個七歲小男孩，造成了兩個家庭破碎，十多年來，立廣一直活在後悔與痛苦中，或許是不想面對、也或許是有意逃避，這件事一直塵封在他的記憶深處。

心蘭死後，立廣一蹶不振，終日與酒消愁，宛如行屍走肉，一日酗酒過多身體極度不舒服，立廣來到家裡附近的診所，打了針，但得留在診所觀察半天，護理師趙惠美原本與立廣、心蘭就認識，惠美看到立廣變得如此這般，覺得上天捉弄人，於是她決定鼓勵立廣，重新振作，至少要去找份工作。立廣找工作四處碰壁，但是沒有公司願意聘用，惠美經常利用假日來到立廣家打掃，日久生情，但立廣心裡有心蘭無法接受任何人感情，立廣拿心蘭的保險金還債，接著考取了教師資格，因惠美哥哥在雅禮當院長，推薦下，來了雅禮當老師。

立廣連著幾天被學校逼得很不舒坦，他請孫偉幫忙約阿發見面，談個清楚。阿發過去被打斷手的過節，立廣還欠他一個道歉，在孫偉說好說歹，拜託又勸說之下勉為其難跟立廣見面，立廣、孫偉和阿發面對面坐著，多年不見，恍若隔世，感慨萬千。立廣低垂著頭，神色黯然，孫偉轉向立廣，不假顏色催促著立廣說人都約來了，有話快說，少在那邊扭扭捏捏浪費時間！

立廣問阿發，孫偉在學校處處針對他，我和他無冤無仇，是你指使的吧？阿發冷冷的說：

「我行事光明磊落，這種暗地裡捅人一刀的事，我不做，也做不來。」

立廣自怨自艾用嘲諷口氣說：

「我們已經那麼多年沒聯絡，是，你現在是有錢人了！你成功了！還不夠嗎？這樣弄我很了不起嗎？」阿發聲勢逼人：

「王立廣！你不要死性不改，好漢做事好漢當，少在那邊自怨自艾了！你的失敗與我無關。你自己好好想清楚，這些年你都做了什麼。」兩人劍拔弩張，四目相對。

孫偉一看情勢太緊繃，分別遞給兩人一杯水，緩和雙方情緒，立廣自知理虧，稍微冷靜了下來，說句是自己太沒用了。

眼前潦倒落魄的立廣完全找不到任何一絲當年貴公子的風發意氣。

阿發動了惻隱之心問道：

「那天你說心蘭車禍身亡，到底是怎麼回事？怎麼發生的？」

「車子是我開的，我闖的禍。我一直想告訴你，但也不知該從何說起，沒能好好照顧她，我無時無刻都在懊悔和自責。」

「你去廣州不久後，我爸爸的事業捲入弊案，所有股東都撤資、銀行也不再貸款，一夕之間宣告破產，我爸帶著全家跑路。只有我、心蘭和還沒出生的孩子，留下來面對一切。」

「我也想要好好經營、全心投入在人力仲介公司裡，誰知道碰到經濟不景氣，很多工廠積欠工人工資，股東又捲款潛逃，只好宣告倒閉。」立廣低垂著頭，雙肩下垂描述著。

阿發聽到立廣這幾年的遭遇和變故非常震驚，高中時代就認識立廣，他是生長在大稻程富裕家庭的公子哥，從小被呵護，家中大小事都由父輩決定，養成他不敢承擔責任，遇到事情就逃避怨懟的個性。

「失去心蘭和孩子，我活著已經沒有甚麼意義了，我的人生已經回不了頭了。」立廣沮喪，意志消沉說道。

「你不要一直認為自己的失敗都是別人、都是整個大環境的錯？」阿發忍不住說了重話。

立廣哭喪著臉說這些年來，自責比誰都痛苦。

「事情都發生了，現在說這些話有用嗎？還不是沈溺在自己的悲劇裡？」阿發訓斥道。

「這次校方要你負責組隊參加「MF」服裝設計大賽，如果做不好，就會被逼著滾蛋。孫偉是常犯事，但起碼他勇於認錯。比起你敢做不敢當，我真的對你很失望！」

阿發說完掉頭就走。孫偉追了出去，立廣神情木然呆立原地，優柔寡斷不敢承擔，欠缺魄力一直是他的罩門，今天會一敗塗地完全是自己的個性使然。

託付

立廣被校方指定負責組隊參加「MF」的扶青設計大賽，如果贏得冠軍，不但不怕招不到學生，學校財務也有救了，如果做不好，就會被逼著滾蛋。這麼短的時間如何找到可以挑大樑的學生？立廣在自己的辦公室查看一疊服裝設計科學生資料，又上網查資料，發現有一個「神之手」的設計達人，但是沒有任何照片，抽絲剝繭資料後，只知道「神之手」是一個神祕人物，許多知名年輕設計師的得獎作品，其實是他代為操刀的。

從學生口中反覆探詢，「神之手」低調神祕，有一個隱密的聯絡站，地點就在剝皮寮的一家老舊的裁縫店。立廣循線來到裁縫店門口，簡陋的小小店面，旁邊掛著「訂製旗袍、修改衣服」斑駁的招牌，是一家歷史久遠的老店，昏暗的日光燈，大大的舊木桌上面堆滿要修改的衣服，旁邊一座泛黃的人抬，一個戴著老花眼鏡的白髮老奶奶，獨自坐在縫衣機前，正平車著一條牛仔褲管。見有客人進來，老奶奶站起身接待。

「老奶奶，我是雅禮學院的老師，我要找「神之手」。」立廣恭敬的問道。

奶奶仔細地全身打量立廣，口中喃喃的說：「神之手？這裡只住著我和孫子于恕，沒有叫神之手的人。」

「啊，神之手就是幫忙人家改圖的設計師，您的孫子是不是平時會幫人改圖呢？」立廣進一步解釋。

「他不在家，你請坐，我去給你倒杯茶。」

老奶奶邊說邊進到後面去，立廣站起身來好奇地看著掛在牆壁上的兩幅相框照片引起了他的注意。相框裡擺滿了大大小小黑白與彩色照片，立廣看到一個年輕人的高中學生照、大學照、和老奶奶的合照，立廣一笑，這分明就是一個有志青年的成長過程。

立廣接著看到另一個相框裡的照片，一對年輕夫妻和小男生的家庭照，立廣再仔細近看，心中忐忑不安、越看越害怕。此時奶奶端著茶杯進來。立廣強壓心中的驚恐和訝異，聲音微微顫抖著問道，牆上照片上的人是誰？奶奶⋯

「那是我的兒子與媳婦，他們在十幾年前的雨夜，在路上被一個男人撞死，只留下我和孫子相依為命。」

立廣腦中轟隆作響，心中更加驚恐，他問奶奶的的兒子是不是叫于偉國？奶奶很狐疑的看著他怎會認識我兒子？立廣遇事逃避的本能，一刻也無法停留，立刻開門匆匆離開。立廣心緒波動起伏，不停在街上亂走，也不看紅綠燈，差點被呼嘯而過的車輛撞上。太驚訝了！這麼多年了，立廣以為他把這段往事放在內心深處壓抑著，藏得很深很好，甚至連他自己都懷疑那場車禍是否真的發生過。剛才，裁縫店看到的一切，把他拉回當年那個悲慘的夜晚⋯

立廣走到公園，坐在長椅上想著往事、梳理情緒。時光流轉，由日到夜，最終立廣起身，朝著裁縫店走去。夜已深，街道上的商店都已紛紛打烊，路上行人稀少，立廣又重新回到剝皮寮，四周漆黑空蕩蕩，只有立廣的皮鞋聲喀喀喀迴盪著，立廣走到裁縫店門口，店裡已經打烊，但是透過拉起的白色窗簾燈光，可以見到老奶奶一針一線縫製衣服的孤單身影，立廣想要敲門，但終究提不起勇氣，他緩緩靠在牆上，低聲啜泣起來。

立廣回到家從櫥櫃角落拉出一個小行李箱，取出一個破舊有水漬的發黃紙盒，打開來，裡面是一件有歲月痕跡的舊旗袍，就是車禍當晚的那一件，他決定物歸原主。

隔日，立廣鼓足勇氣提著紙盒再次走到剝皮寮的裁縫店，奶奶放下手上的針線活，定睛看著他，喃喃說著：這麼多年了，你怎麼現在才來？立廣愧疚的抬不起頭來，淚水緩緩滑落，他哭著認錯祈求奶奶的原諒。奶奶輕輕說，那天立廣一進來，她第一眼就認出來了，于奶奶想當面與立廣談談話，關心他的近況，但那天見到立廣的慌張，奶奶不忍當面拆穿，只因彼此都失去了今生最愛的家人，兩個破碎的家庭，要如何在寬容與愛中和解？直到立廣再來，于奶奶知道立廣已經做好了心理準備，這才相認。奶奶娓娓說著：

「自從我兒子和媳婦車禍死了之後，我把于恕接過來，靠著這間小小的裁縫店養活他，現在年紀大了，也只能做些修改衣服的活兒，勉強過日子。」

說到這裡，奶奶眼裡充滿淚水哽咽的說：

「這場車禍，讓我失去了兒子和媳婦，你也失去了妻子和即將要出生的孩子，沒有人願意發生這種事，我相信你也付出了許多代價，你的心裡一定也很痛苦。」

「從事情發生到現在，每一分每一秒都在後悔與自責裡度過，午夜夢迴時，我多麼希望被撞死的人是我！我痛苦到恨不得拿自己的命抵罪，奶奶，對不起！對不起！」

立廣和奶奶兩人對泣，奶奶含淚扶起立廣，這樣的煎熬，為難你了！雖然我們都失去了親人，但是，活著的人，還是要繼續過日子，很謝謝你願意來看我們。

立廣拿出袋子裡的旗袍，奶奶見到旗袍，訝異萬分，當初警方以為這件旗袍是立廣的物品，所以交給了他，這十多年來，他一直保存著這件旗袍，今天終於能夠物歸原主。

奶奶看著兒子親手做的最後一件遺物，以慈愛的眼神伸手輕輕撫摸，彷彿在摸著自己的孩子，半響，她輕拭眼角淚水，決定將這件旗袍還是先放在立廣那裡，于奶奶向立廣敘述這些年于家的變化，她請求著說：

「王老師，我年紀大了，帶不動也管不了我的孫子于恕，我想把于恕交給你，拜託你幫我帶著這孩子，我們家會感謝你的。」

面對奶奶真誠的交託，看到奶奶滿頭白髮與深刻的皺紋，立廣不得不允諾奶奶的要求。

女超人

曾在曉東與于恕尬車爭道糾紛中開著拖吊車道路救援的陳藍青，個性樂觀率真善解人意，有著立體的五官與高挑的身材，父親為天車師傅，藍青從小耳濡目染對汽車修裡與相關零件知識豐富，在父親過世後與母親相依為命，藍青媽媽劉玉芳身體柔弱，性格多愁善感，丈夫病逝後，劉玉芳靠白天送貨和替人修改衣服，含辛茹苦撫養藍青長大，數年前罹患淋巴性白血病，為了治療耗盡家裡所有積蓄，平常都是藍青在打點一切。藍青為了治療母親的病不得不身兼好幾份工，賺取家用，藍青媽媽非常不捨心疼藍青，怕自己連累女兒讓她受苦，藍青總是開朗的對媽媽說自己是神力女超人，沒有解決不了的事，媽媽只要乖乖聽醫生話就好，別擔心，媽媽會煮一手好菜，藍青再怎麼忙也會盡量回家陪媽媽吃晚餐，珍惜母女相處的溫暖。

有一天，藍青在咖啡店內當班，阿發進來，在服務生招呼下坐定點了杯咖啡，藍青煮好咖啡端到阿發面前，整個人散發著爽朗氣息，阿發拿出學生證問：

「這是妳的學生證嗎？」藍青接過來確認，訝異的說：「是阿，怎麼會在您這裡？」阿發：

「那天我經過妳修車的地方，離開時拾獲的，後來打聽到妳在這裡工作，所以順道來歸還。」

「難怪我怎麼找都找不到，原來是被您撿到的，謝謝您特地送過來。」藍青點頭稱謝。

「舉手之勞，不要客氣。我來，是想請問陳小姐為什麼會穿那件舊工作服操作扳手？是不是家裡有人從事相關行業？」阿發有些懷疑的問道，似乎想了解藍青身世。

「那件確實是我爸爸的工作服，他以前就是在起重機工廠工作。」

阿發心中暗暗訝異，心想不會那麼巧吧！進一步問藍青知不知道父親的工作地點在哪裡？藍青回答，當時年紀還小，早就不記得詳細地點，阿發感到一陣失望，但對藍青留下良好印象。

藍青想起上次道路救援時，騎著重機的于恕是同校的同學，那個人主觀意識很強，說話很衝，全身充滿刺蝟，還很堅持要付修理費，居然直接到系上來堵她，已經跟他說不用付了，只是舉手之勞，他還堅持在樓下等到她下課。

「我說過，我從來不欠別人人情，我要把修理費給你。」于恕說完，又拿出信封想交給藍青。堅持的態度讓藍青啼笑皆非：

「于恕，你有你的堅持，我有我的原則，我不想再談這件事了！」藍青下課趕著要去打工，說聲再見後就逕自離開，留下于恕。

曉東和于恕兩人從道路爭道尬車結下樑子後，冤家路窄仇越結越深，曉東開著跑車來到精品店想買東西，從擋風玻璃見到前方有一個空的停車位，正要倒車喬角度開進去。就在要倒車喬角度時，一輛重機居然捷足先登，大搖大擺騎進停車位裡停好。

曉東不滿，下車理論，重機騎士頭盔取下，無禮的視線和自己筆直相對，居然是于恕，真是冤家路窄狹路相逢，一言不合馬上吵了起來，曉東看于恕上次馬路爭道，挑釁不避讓，今天又搶人車位半路攔截，實在是蠻橫無禮，毫無教養，擺出一副你奈我何的無賴架式；于恕看到曉東，這種家有富爸爸，貴氣十足的高富帥人生勝利組，打從心裡就很不爽的說：

「這是公用停車場，本來就是先到先停，誰跟你在講禮讓的。」

于恕我行我素，這就是生存法則要靠自己爭取，此時曉東的車擋到別人的車出入，一位車主按喇叭，從車窗探出頭來嚷著：

「這車子擋在這裡，別人的車都別開了！」曉東忿忿地瞪了于恕一眼，無奈只好回車上把車開走。

無巧不巧，藍青在汽車精品店內打工，于恕來店四處找著水鍍膜，好不容易找到，架子上只剩下僅存的一罐，于恕正要伸手拿，未料另一隻手立刻閃電般地搶走，于恕回頭一看，曉東得意洋洋地秀著水鍍膜：臉上的表情有點頑皮的說道

「要這一罐嗎？不好意思，被我搶走了！」

于恕生氣地上前要搶，曉東閃躲，兩人像搶籃球一樣，于恕邊搶邊說：

「快還來，是我先看到的！」

「誰叫你之前搶我的車位，我現在搶你要買的東西也不為過。」曉東左晃又閃的說道。

「你快點交出來。」于恕被惹毛口氣開始不耐煩的說。

「我偏不，有本事你自己來搶。」曉東回道。

兩人邊吵架你來我往，不小心打翻了旁邊堆疊陳列的商品。商品翻倒在地亂成一片，在賣場代班的藍青聞聲匆匆而至。見到曉東和于恕兩個幼稚行為，藍青臉色鐵青，大聲遏阻停下來！于恕和曉東見是藍青也感到意外，立刻停下來。藍青從旁邊架子下拖出一只瓦楞盒，打開來，裡面是一整箱的水鍍膜。諷刺地說要這個是不是?這裡有一整箱，你們慢慢搶吧！

藍青看不慣曉東和于恕兩個人常為小事爭執，她的女漢子個性決定跳出來喬事，讓這兩個幼稚小子言歸於好，她把曉東、于恕約到 7-11 裡，三人共坐一個小圓桌，于恕和曉東都把臉側過去，不想見到對方，藍青看看兩人，覺得好氣又好笑，清了清喉嚨說你們兩個丟不丟臉，那麼大的個兒，還像小孩子一樣吵來吵去。

于恕不服氣的說是曉東先鬧事，曉東則不服輸的哼一聲說，是于恕做賊的喊捉賊。兩人你來我往、針鋒相對，藍青被吵煩了口氣不悅的說：

「你們兩人都有錯，又互不相讓，說句對不起有那麼難嗎？。曉東與于恕低頭不語。既然大家都認識，也算是朋友，沒必要這樣。你，張曉東，先向于恕說聲對不起！」

曉東抗議著為什麼⋯，

藍青雙手叉腰，杏眼圓睜，曉東心不甘情不願勉強先低頭，向于恕說「對不起。」輪到于恕，他卻耍賴說要向張曉東道歉？等下輩子吧！

曉東生氣站起身來，他不想跟一個不懂禮貌的人坐在一起，曉東說完拂袖而去。藍青氣呼呼瞪了于恕一眼，覺得于恕太過分，於是出去追曉東。曉東見藍青追出來，停下腳步。

「那個于恕，擺個臭架子，真是太令人討厭了！你別生氣，也千萬別跟他計較。」

「我只是不懂，為什麼他這麼難溝通，好像全世界都跟他為敵。」曉東有點惱怒的說。

「他本來就是特立獨行的那種人。對了！我最近研究土撥鼠，發現他們啃東西的模樣超可愛的，你看我這個樣子像不像土撥鼠？」藍青學著土撥鼠露出門牙啃東西，故意賣萌裝可愛，想逗曉東開心，看到一個帥氣的女漢子裝可愛，曉東忍不住笑了！

「這樣就對了！你是帥哥，要笑才會更好看！」曉東露出笑容，藍青誇他簡直是男團等級。

藍青特地安排曉東和于恕和解的好意，被于恕的不講道理破壞了，于恕自知理虧，經過再三向藍青道歉後，決定接受陳藍青的條件，照她要求去做。

藍青要求于恕穿著露出臉的恐龍裝站在育幼院。于恕雖一身不自在，但這是他甘願接受懲罰，他努力裝出活潑的樣子，取悅育幼院的小朋友，小朋友好奇地拍打著穿著恐龍裝的于恕，又想拉著他到處跑。

「嗨，大家好！我是小恐龍⋯吼⋯吼⋯吼⋯」于恕揮舞著雙手。

一位志工媽媽從旁經過，見到恐龍的動作，被逗得忍不住低頭笑出聲；一個小女孩興奮地撲向于恕：「我最喜歡恐龍了」；于恕被撲得動彈不得，差點摔倒，恐龍裝下的于恕，哀怨又無奈；此時走過來一個小男孩，停在于恕面前不動：「恐龍哥哥，我便便在褲子上了！」于恕快要抓狂，拖著笨重的身軀去找志工媽媽：「趕快趕快，那個小孩子說他便便了！」。

好不容易等到志工媽媽把小男孩帶開處理後，于恕正想鬆一口氣，有個人從背後戳了戳于恕的後頸，于恕心想要教訓教訓這些沒天沒地的死小孩，佯裝生氣地轉過去，于恕高舉雙手做威嚇狀，邊轉身邊說：

「吼⋯吼⋯讓我看看是哪個小壞蛋！」沒料到來者竟然是曉東，曉東強忍住笑，裝成一本正經，用戲謔的口吻：

「呵呵呵，我小壞蛋？你還小乖乖咧！恐龍是活在史前時代的動物，怎麼可能會說小壞蛋啦？」

于恕尷尬不已，巴不得在地上鑽個洞躲進去，恨恨地轉向在旁邊餵其他小朋友吃點心的藍青。藍青睜大無辜的雙眼，兩手一攤，「幹嘛？你不是答應我要來做公益？」

于恕轉頭問曉東：「你來幹嘛？」

曉東晃晃手上的故事書，藍青說，如果有人可以給孩子們唸唸故事書就好了，畢竟恐龍只會嘶吼，不會說故事吧？于恕翻了個白眼，生氣又無可奈何，只好對曉東的背影吼了兩聲。

活動結束後，于恕抱著脫下來的恐龍裝，和藍青一起走出育幼院。

「沒想到曉東那麼會說故事，小朋友們都聽得津津有味，不肯放他走，要求他留下來繼續講故事。」藍青驚訝的告訴于恕。

「故事人人都愛聽，我小時候父母車禍身亡，只有奶奶和我相依為命，奶奶年紀又大，所以我沒有甚麼床邊故事可以聽，只能自己跑到漫畫店去租漫畫來看。妳呢？」

「我爸爸已經去世了，他生前是工人，每天從早忙到晚，所以都是媽媽陪著我，教我寫功課、說故事給我聽。但是現在我媽媽生病了，我必須努力打工賺錢，替媽媽治病。」藍青神情沉重坦率的說。

兩人就這樣分享著，一樣都是背負家庭生活壓力，需要努力拼搏，不同的是藍青樂觀開朗，于恕則防衛心很強，不容易與人親近。

海選

全球知名服飾品牌「MF」想要提拔有服裝設計才華的年輕人，公開舉辦服裝設計比賽，獲得冠軍的團隊不僅能獲得五百萬的獎金，還有機會參與「MF」的新一季新裝設計。「MF」在官網宣佈海選的題目為「翻轉潮流」，要參賽者選用任何一張有人物的圖像或畫作，作為之後賽程的基本素材，只要「MF」通過，就可以進入第一關賽程，距離報名最後期限只剩兩個星期。

阿發的兒子曉東個性開朗樂觀，喜歡藝術美學，繪畫功力一流，阿發從小全力栽培他，曉東也很爭氣，考上[註]英國聖羅蘭潮流與藝術學院留學，阿發寄望他未來可以在全球知名服飾品牌「MF」大展鴻圖。

陳思思與曉東算是青梅竹馬，思思從小暗戀曉東，甚至為了曉東同時考進了英國聖羅蘭潮流與藝術學院，成績也一直保持優秀，思思生母為泰雅族文史傳承人，她的貴族氣息超乎年齡的美貌，她一直覺得曉東很有服裝設計的天分，但卻不肯好好練習，幾乎天天窩在家裡戴著VR打怪，經常嘖念他耍廢，曉東常跟思思說，自己是一個被設計師耽誤的電競選手，他的夢想是開一家遊戲公司，設計出不同的線上遊戲，他對服裝設計根本毫無興趣，認為這是爸爸阿發想要他去圓他年輕時沒有完成的夢想。

註：英國聖羅蘭潮流與藝術學院為本書虛擬二年制職校。

阿發、丹丹和曉東一起坐在客廳開家庭會議，阿發希望東東組隊參加「MF」服裝設計比賽，「MF」這次比賽目的除了扶青，也是想提拔有服裝設計才華的年輕人，阿發相信以曉東的能力，要獲得冠軍絕非難事。

曉東毫不考慮直接拒絕，他寧願參加電玩競賽，阿發沒料到從小栽培的曉東會反彈抗拒，一股氣油然而生，大聲喝斥著。

丹丹看到父子衝突，趕緊耐心的勸說著：

「曉東，之前你在英國參加青年服裝設計比賽得到第一名，就證明瞭你的實力，現在要參加國內的比賽，對你來說並不難啊！」

曉東心虛的回答，

「這之前是之前，現在的我沒有那種動力。」

一定不能讓他爸爸發現在英國留學的那段日子裡贏得英國青年服裝設計大賞，其實是陳思思偷偷捉刀這個事實。阿發：

「動力來自於自我鞭策，大山的孩子都想走出去，何況你是聖羅蘭畢業的，試試看吧！」

父子之間總是充滿這樣的情緒，父親覺得好的，兒子可能並不認同；父親想要兒子做的，不一定是對的；兒子想做的，也不一定就是錯的。對於阿發而言，他的初衷，其實只是希望將最樸實、最真摯的愛，傳遞給兒子，希望給曉東好日子，別像自己小時候日子那麼苦。經過阿發，丹丹與曉東開誠布公的溝通後，阿發特地帶曉東到他小時候生長的地方走一圈，來個父子交心尋根之行。

午後豬屠口街道上，昔時的違建已經改建成蘭州市場，景物全非，阿發指著蘭州市場樓上的大同區行政中心說：

「這裡舊地名叫豬屠口，蘭州市場的原址就是早年臺北殺豬的地方，後來發生一把大火，就改建成市場」

接著，阿發帶著曉東彎進一條老舊巷弄，這裡是簡陋的蘭州國宅，臺北最老舊的房子，我阿嬤家就在這裡，阿發拿出自己早年的身份證，曉東接過來仔細端詳，上面地址「昌吉街六一巷九弄四號」，籍貫「江西雩都縣人」，曉東疑惑的問阿發：

「原來爸爸是江西人第三代，小時候寄養在阿嬤家？」

「人不能忘本！自己是江西人第三代，爺爺民國十七年來到台灣，一直以來沒有受到國民政府的照顧，過得很辛苦。那時為了生活，阿嬤賣麵、賣大腸煎；小時候我下課後就和阿嬤推著攤車，從昌吉街一路推到雙連市場旁邊的文昌帝君廟口，開始做生意，幫忙送餐、洗碗，一直忙到晚上九、十點才收攤回家。」

曉東聽完不可置信，麵攤洗碗？換作他一定活不了。

阿發口氣裡夾雜教訓味的說：

「什麼叫活不了？你每天打電遊，沒有人生志向就活得了嗎？」曉東趕緊解釋不是這個意思。阿發說：

「那時只知道家裡窮，要幫忙做事，我的媽媽那時候在送養樂多，也是每天從早忙到晚，就是因為看到媽媽為了養家活口，生活辛苦，我才決定要早早出社會賺錢，幫忙家計。」曉東似有所悟：

「爸那時候一定沒時間好好念書。」

「是啊！我到高二就輟學了！印象中童年沒有穿過新衣服、沒有玩具糖果、更不要說零用錢了！下課和寒暑假都要去工廠打臨時工幫忙，連玩伴都沒有，這個手指還被塑膠成型機壓斷，過好久才復原。」曉東看著阿發的手指頭：

「那麼悲慘！那比起來，我真的太幸福了！」

「論語子罕篇講「吾少也賤、故多能鄙事」就是說我家以前很窮，所以要多做點事，時代不一樣了，和你講這些，就是希望你能對人生要有規劃。」阿發耐心的跟曉東解釋：

「也許你會覺得爸爸對你要求比較多，那是因為爸爸希望你少走一些辛苦路，比我更有成就。」曉東聽完爸爸的故事，覺得自己要承擔的責任似乎有點重，但又覺得自己很幸福。曉東心頭軟下來，向阿發提出要求：

「服裝設計真的不是我的興趣和理想，但是，爸，如果你真的希望我參加這次的比賽，那，我就聽你的話，努力得到冠軍。但希望參加完這次比賽之後，您也能尊重我的興趣，放手讓我在電競方面發展。」

阿發答應曉東先全力以赴這次的比賽，其他的他會考慮。阿發非常高興，兒子終究不會讓他失望。曉東在父親張阿發的要求下，組隊參加「MF」扶青服裝設計大賽，立志要贏得比賽，完成與父親的約定。

要組隊參賽，陳思思絕對是最佳戰友，她是設計高手心思又縝密，刀工一流；孫寶是阿發好友孫偉的兒子，和曉東是兒時玩伴，孫寶說他爸聽說曉東要組團參加「MF」扶青設計大賽，奉了他爸之命，誓死跟隨一起參加競賽，如果不成功，就準備成仁，他請求曉東一定要答應讓他加入他的團隊，孫寶念雅禮學院服裝設計系，雖然個性很浮誇，吃喝玩樂樣樣精通，但鬼點子很多，曉東平常喜歡逗他，一定會讓他加入的。

參賽首先要先想個隊名，思思提議以曉東、思思和孫寶三人英文名字的第一個字母為隊名，曉東的英文名字是David，思思是Bella，孫寶是Gary，所以他們就是DBG戰隊！隊名聽起來感覺很有氣勢，三人都露出了自信的笑容。

每次動腦會議大都在曉東家，思思和孫寶集思廣益，三人圍坐電腦前討論，時而搖頭時而點頭。查了那麼多資料和圖片，就是沒有找到符合他們需求的題材。

思思是設計高手她首先提出看法：

「翻轉潮流的意思，是要我們在許多的時尚素材裡玩出自己的創意，要找出這樣的背景素材，就必須要是大家公認的畫作或圖片，才會引起共鳴。」

「圖片的素材不少，但是要翻轉成功不容易，到底我們要從哪裡著手呢？」一向對市場情報很靈通，偶而也會想出些鬼點子的孫寶陷在苦惱中。

思思已經累得趴在電腦前睡著，孫寶也攤平在地上睡著了，身旁還不忘放著吃完的泡麵和凌亂的零嘴袋子。

曉東打了個呵欠，除了在家裡書架上翻找爸爸收藏的畫冊外，繼續在網上查資料找靈感。此時，電腦上跳出了一張旅法藝術家陳朝寶的創作，旁邊是翻開的陳朝寶「風雲再起」的畫冊，曉東靈機一動眼睛發亮。

他們在阿發的引介下，到陳朝寶老師的畫室裡，陳朝寶向曉東和思思介紹著：

「你們看，這些都是我的作品，我過去師承水墨系統，而後接觸西方繪畫，然後以水墨為底，加上油畫、壓克力、粉彩這些不同的媒材，甚至用石膏和砂紙營造肌理，才形成屬於我自己的風格。」

曉東和思思一邊欣賞，一邊向朝寶老師請益。

「老師，我爸與您是至交，聽我爸說，您曾經將蒙娜麗莎這幅達文西的名作，改畫成一隻猴子打扮成的蒙娜麗莎的模樣，題名為「猴娜麗莎」，轟動畫壇。」思思露出崇拜的眼神說：

「沒想到老師才是真正「翻轉潮流」的先鋒。」

「呵呵，我不喜歡墨守成規，創作就是要不斷地嘗試，我喜歡打破中、西畫的籓籬，將東方美學與西方技法中西合璧，然後展現自己的特色。」曉東聽出了興味的說：

「沒錯！我還記得您有一幅「英雄難過美人關」，展出時，也成為當時畫壇的熱門話題。」

「因為我曾經到過敦煌，在當地的石窟臨摹壁畫，仔細描繪人物的身體和衣服皺摺；也曾收藏漢唐時期的陶俑，欣賞人物與駿馬的型態之美。有了這些為基礎，我發揮創意，加以複合媒材，才完成了「英雄難過美人關」。」思思讚佩的說：

「老師從漫畫到現在的藝術作品，一直領導著畫壇的新潮流，但是您一直都很低調。」

「言語從來就不是我的強項，但是並不意謂著我的腦袋裡沒有想法，口中吐不出蓮花，但是卻可以用筆迅速勾勒出活靈活現的蓮花池。」陳朝寶很有自知之明低聲說著。

曉東和思思、孫寶三人再次聚集在曉東家客廳，在幾十張中挑選畫作，孫寶兩手各持兩張畫讓曉東和思思選擇，前面已經淘汰掉很多張了！剩下最後幾張，思思排除掉左邊的畫沒有翻轉的空間，人物也沒特色。曉東覺得右邊那張畫的人物太過夢幻，太超現實了。

最後只剩一張陳朝寶老師的「英雄美人圖」。

曉東和思思對看一眼，挑來挑去，還是挑這張！

三人一致贊同確定是「英雄美人圖」。

孫寶跟曉東建議，以他的實力，打進決賽絕不成問題，也提前想想之後也許需要其他高手加入，要先找找，曉東好奇的問他去哪裡找？孫寶說自己認識幾個潮流服裝搭配界的網紅，他帶曉東去認識一個叫 Yuki 的直播主，別小看她，她可是有幾十萬的鐵粉。

只見一個長髮披肩、穿著漢服的女生，坐著彈琴正在做直播對著鏡頭說著：

「最近非常流行穿漢服，我特地為大家演奏一段古琴，喜歡的朋友，請幫我按個喜歡唷！」

曉東覺得很奇怪，這簡直像是拍古裝片。Yuki 彈畢，站起身來，對著手機說話：

「今天的直播會放在我的個人頻道，想要追蹤我的更多消息可以到粉絲頁和 IG，帳號我放在下面說明欄，別忘了按 like、訂閱也不要忘記開啟旁邊的小鈴鐺喔！我們明天見！」

Yuki結束直播，孫寶上前介紹她和曉東認識，沒想到Yuki認識張曉東，孫寶和曉東兩個都很訝異。

「我看過你在服裝發表會上受訪的影片，尤其是那句：妳的直白讓我們的距離更近了，這段影片在網路上轉發量很大，讓我印象很深刻。」Yuki很老練面露微笑的說。

孫寶說Yuki的粉絲很多應該不假，曉東向Yuki說明正計畫參加服裝設計大賽，希望能邀請她加入，當他門團隊的模特兒。Yuki很爽快答應了，也希望曉東可以來當她的來賓。曉東欣然同意，這就樣兩人一下子就熟了，孫寶在一旁吃味的說，人帥真好！

曉東、孫寶、思思三人在曉東家客廳討論服裝設計。

孫寶個性比較投機，對這種基本工有點坐不住。

「唉。服裝設計真的有那麼難嗎？上次我沒用電腦繪圖，親自用手畫了卅多張手稿，全部都被教授打槍，害我從此開始懷疑人生。」孫寶抱怨的說。

「才卅多張算甚麼？我在英國念書時，老師曾經在課堂上秀出一張設計圖，全場驚豔。老師說，伊夫聖羅蘭二十歲出頭就在Dior工作，這張是他畫了三百多張圖裡，唯一挑選出來的一張，孫寶，我建議你先畫了三百多張底稿以後，再開始懷疑人生吧！」思思覺得習以為常的說。

「算了！我看我開餐廳就好，反正我也愛吃，說不定以後我的餐廳可以摘下米其林的星星，然後開全球連鎖店，哇…那樣我就有吃不完的美食、賺不完的鈔票了！」

孫寶的率真性情有時令人啼笑皆非，曉東摸摸孫寶的頭，說：「你吃吃吃…還米其林咧！在做白日夢啊？醒醒吧你！」

此時正好阿發走過來要拿放在客廳的書，孫寶看到阿發，立馬叫：「張叔叔，聽我爸說您是白手起家，能不能傳授給我一些成功的秘訣？」阿發看到他們三人的模樣，想起了二十五歲的自己，心中有夢。

有一日，立廣經過一家咖啡館看到，于恕將一件手繪設計圖稿賣給委託者，目睹完他們的交易後。立廣叫住于恕，于恕認出是學校服裝設計系的老師王立廣，質問他是否在監視他，立廣解釋他沒興趣監視任何人，他想邀請他當隊長，組團代表學校參加「MF」服裝設計比賽。

于恕冷冷回答沒興趣，拎起背包想走，被立廣一把攔住，語氣咄咄逼人直接觸碰于恕的隱私和軟肋，往痛處用力猛戳。

「你經歷了校園鬥毆、混幫派、賣盜版光碟這些豐功偉業之後，難道現在就只能憑藉「神之手」的名號，繼續做見不得光的事嗎？」

于恕像頭被激怒的獅子，唯一能夠自由表露的情感就是憤怒了，他一把揪起立廣的衣領，另一手握緊拳頭疵牙裂嘴從齒間吐出：

「是，我過去是做了很多壞事，但是跟你有甚麼關係？你有甚麼資格把我的傷疤血淋淋地撕開？」立廣掙脫于恕說：

「因為我是你爸爸的朋友」接著連珠砲的說著：

「我知道你親眼見到父母車禍身亡，年邁的奶奶還要一針一線養育你，你一直認為自己根本不應該來到這個世界上！為了懲罰自己，你放棄了最愛的服裝設計系，放棄了未來的夢想，改去念甚麼資訊系，難道還不夠嗎？」

彷彿內心一下子全部被掀開，長期壓抑的滿腔仇恨，一下子全部湧上來襲捲著于恕，他兩眼圓瞪，噴出憤怒的火焰，老羞成怒的說：

「你別自以為是心理分析師講得頭頭是道，誰允許你打探我的隱私？我就是要繼續這樣過下去，你要怎樣？」

說時遲，那時快，立廣拿起桌上的水杯往于恕頭上一倒，于恕一愣。

「于恕，你給我聽清楚，你以為自怨自艾找藉口逃避現實，就可以解決問題嗎？你知不知道你奶奶有多難過？你知不知道你辜負了你爸爸傳承給你的天賦？如果再這樣逃避下去，你在天上的爸媽，都會感到痛心。」

「我早就沒有爸媽了！他們在我七歲生日當天車禍死了！你憑甚麼以他們之名來這樣糟蹋我？」于恕神情木然情緒一下憤怒上來大聲說道。

立廣拿出做工精緻的美麗旗袍，就憑這件他父親生前最後的遺作，說服了于恕接下組團參賽的重任。

于恕同意組隊參加「MF」服裝設計大賽，他第一個鎖定要找的團員的就是同校服裝設計系的陳藍青，第一名有獎金的吸引力很快促成兩人擊掌為盟成為戰友，接著開始找適合「翻轉潮流」主題的圖像或畫作。

兩人先從街頭家飾店櫥窗上觀察現在的潮流，但從下午逛到晚上一無所獲，疲累的坐在街邊，停車格旁停著一輛全新超跑，旁邊停著于恕的中古重機，一種新與舊；貧富對比的懸殊感，形成一種滑稽有趣的畫面，于恕與藍青心有靈犀很有默契的對望一眼不自覺都笑了起來。

于恕自嘲的說：

「沒辦法！咱們都是窮人家孩子，在古代一定連匹馬都養不起，不管到哪裡都要走路，現在還有三手重機代步就偷笑了！」藍青自我調侃附和著：

「我們走了一整天，到現在還想不出參加比賽的素材，居然還有閒情逸致在這裡談馬。」于恕興致勃勃的繼續說：

「說到馬，我最喜歡大畫家徐悲鴻的作品，他曾在法國的巴黎賽馬場、德國的柏林動物園畫過數千張馬的速寫，對馬的肌肉、骨骼、神情動態以及生活習性作過長期的觀察研究，才能把馬畫得栩栩如生。」

藍青很好奇徐悲鴻除了畫馬之外，還畫甚麼？

于恕拉著她直接到圖書館翻閱徐悲鴻相關書籍和畫冊。不一會于恕指著電腦螢幕，找到了！這幅「愚公移山圖」很適合當他們的素材。

藍青放下書籍湊過來看，是很特別，但還想不到為什麼適合？于恕：

「我們都是窮人家孩子，妳那天道路救援穿的舊工作服，完全就是藍領階級的樣子，看！這些工人為生活打拼，就像我們，這張「愚公移山」很適合當成我們的海選素材吧！」

「嗯，的確很適合，那，我們參賽的隊名該取甚麼？」于恕思考了一下子說：

「我們是學院隊，又每天為生活煩惱，應該要快樂一點，乾脆取名「JTA」：JOY代表歡樂、TRENDY是時髦潮流、ACADEMY是學院，這就表達了我們的精神。」

藍青拍拍于恕肩膀，聰明！就這樣說定啦！然後拎起背包離開趕去咖啡店打工，留下于恕繼續上網查資料。

選定了素材，要開始創作發想，于恕和藍青約在圖書館內，于恕坐在桌前，桌上已經分散好幾張草稿。于恕持續在紙上畫著。藍青身穿舊工作服，兼職好幾份工作的她早就累趴在桌上睡得很熟，骯髒的臉，掩不住立體精緻的五官，模樣十分可愛，個性率真又善解人意。于恕心疼藍青拼命工作賺錢，他想伸手替藍青擦臉，但熟睡的藍青動了動，于恕趕緊把手收回。藍青彷彿作夢般喃喃自語：

「我要得獎金！」

于恕雖然心裡笑她連作夢都在想錢，但自己又何嘗不是想多賺錢，讓奶奶不要那麼辛苦？于恕把外套脫下，輕輕蓋在藍青的身上。想到了他們的第一次見面，藍青爽朗直接、獨立自主、不拘小節、不怕吃苦的帥氣模樣，替他解圍。于恕努力畫著設計稿，希望可以贏得獎金，能給藍青實質的幫助。

完成設計圖之後，于恕得意的展示給藍青看，藍青的表情因欣賞而雙眼散發光芒，于恕和藍青拿著「愚公移山圖」到辦公室給立廣看。

「老師，您看，我跟藍青選用徐悲鴻的「愚公移山圖」當成海選素材適合嗎？」于恕問道。

「我們討論了好久，才確定下來的。愚公移山圖是徐悲鴻在歷時三個月繪製完成的巨幅紙本設色中國人物畫，他突破傳統繪畫的格局，把眾多劇烈運動中的人體引入中國畫，可以說，這幅畫代表了近代中國人物畫的最高水平。我們以這幅畫當海選素材，一定可以吸引評審。」藍青跟立廣說明他們選擇和討論的過程。

立廣非常支持他們選擇的題材，鼓勵他們就以這幅畫去參加海選吧，立廣說比賽是你們戰隊在執行，老師就不要有太多的意見，沒有束縛可以放開來做。

時間經過兩周之後，「MF」服裝設計大賽即將公布資格賽入圍隊伍，會場人山人海，好幾個網紅在現場直播。珍妮花也在現場開直播。珍妮花：

「『MF扶青設計大賽海選名單公佈記者會』即將開始，這場時尚界盛事，在萬眾矚目與期待下終於要揭曉答案了！齁，一定很多人像我一樣很緊張，究竟那些隊伍能夠拿到接下來這三關比賽的門票呢？讓我們拭目以待。」

DBG隊的曉東、思思和孫寶坐在會場一邊等待名單公布，三人緊張不已。曉東：

「馬上就要公布海選名單了，聽說這次有三百多隊報名，競爭真的非常激烈。」思思看著孫寶，露出無奈的表情。Yuki過來打招呼：

「嗨！曉東、孫寶。等下資格賽名單公布後，我會過來介紹 DBG 團隊。」

「謝啦 Yuki！」孫寶開心的說：

「謝謝妳！喔，這位是我們的團員陳思思。」曉東跟 Yuki 介紹思思：

「Yuki：妳好！」思思友善的和 Yuki 致意，Yuki 禮貌性的向思思點點頭。

Yuki：「你們放心，輸人不輸陣，我已經號召了粉絲團來替你們助陣！」

曉東等人轉頭一看，五六個年輕男女帶著像是演唱會的 LED 燈牌，上面寫著「DBG 得第一」、「DBG 走花路」字樣。

思思低聲地自言自語，這個網紅會不會太誇張了？

孫寶則自我陶醉的覺得 DBG 戰隊可以準備展開斜槓人生，開演唱會了！

會場另一邊，JTA 隊立廣、于恕和藍青坐在一起，同系的柳柳、嚴浩以及路人甲、雨芯等幾個學生也一起等著入圍名單公布，大家紛紛交頭接耳。

「我們學校過去很少組隊參加這一類的大型比賽，坦白說，「翻轉潮流」的主題發揮可大可小，我們這次選的圖畫能不能順利通關，要看評審的喜好。」于恕評估態勢說著，藍青滿懷期待：

「我好緊張喔！如果連通過海選的機會都沒有，獎金就全部落空了！」

立廣安撫大家：「你們不要給自己太大的壓力，凡事盡力就好，你們選的「愚公移山圖」很有特色，應該有希望。」

旁邊幾個學生拿著手機狂拍 Yuki，路人甲目不轉睛地盯著心目中的直播女神 Yuki，拿出手機站起身想要過去和 Yuki 合照，卻被柳柳阻止，把他拉回位子坐好。

「路人甲，拜託你別白目好不好，你看不出來嗎？你的女神很明顯是支持 DBG 隊的。」

路人甲懊惱著克制自己。

會場台上，音樂響起，舞台燈光打下來，就像頒獎典禮般華麗氣派。美麗的女主持人穿著禮服上台，現場安靜下來，所有參賽團隊都屏息以待。

「各位嘉賓、各位參賽的選手，大家好！感謝大家踴躍參加「MF 扶青設計大賽」，現在，我們要公開海選通過名單，我們請 MF 設計部總監 Linda 上台宣布。」

穿著禮服的 Linda 上台，手上拿著一個白信封。

「首先，我代表「MF」感謝各位盛情參與，在今天公布海選入選名單之後，我們就正式進入比賽的賽程。也就是第一關、第二關和第三關。換句話說，今天之後，就是比賽的真正開始。」

台下的于恕團隊和曉東團隊，緊張又專注地聽著 Linda 說話。

「經過評審團再三嚴謹討論，我們從三百二十七件報名作品中，只挑選出兩件作品，換言之，接下來的三個關卡就是這兩個隊伍的正面對決！」台下群眾一陣嘩然，紛紛交頭接耳討論。

「請安靜，接下來，我要打開手上的信封，正式宣布通過資格賽的團隊名單。Linda 打開手上的信封，念出隊伍名稱：「通過資格賽的第一個隊伍，是**「DBG 隊」的「英雄美人圖」唐代文藝盛世**。」

台上秀出「英雄美人圖」唐代文藝盛世，曉東團隊爆出一陣歡呼聲，曉東開心極了，和思思、孫寶擁抱。在另一邊，于恕這隊則露出失望的神情。

「接下來，我要宣布的是第二組通過海選的戰隊名單，能夠和 DBG 一起角逐勝利的就是：**JTA 隊的「愚公移山圖」向偉大者致敬**，恭喜！」

于恕和藍青等人不敢相信，睜大眼一愣，接著和其他同學們也爆出歡呼聲、互相擁抱，立廣也高興地看著這些孩子們。Linda 繼續公布：

「在這裡，我要宣布第一關比賽的題目「翻轉圖騰」，就是請兩隊在你們選出圖畫中，挑選出畫裡的人物來，跟你們隊名英文字母做結合，設計出圖騰，十天後我們將截止收件，請兩隊加油！」

于恕看向曉東，曉東也看向于恕，兩個優勝者互相對望，露出挑戰與挑釁的笑容。

潮未來新創意

向偉大者致敬，取材自徐悲鴻的愚公移山圖

唐代文藝盛世，向陳朝寶的英雄美人圖借力

第5章　翻轉圖騰

創意

MF 扶青設計大賽兩件雀屏中選的作品

DBG 隊的「唐代文藝盛世」

JTA 隊的「向偉大者致敬」

第一關比賽主題──翻轉圖騰

參賽隊伍需運用入選的圖騰創作出屬於自己隊伍的 LOGO，兩隊旋即展開招攬籌組團隊和創意構思討論。

陳思思對於曉東和孫寶把直播網紅 Yuki 拉進 DBG 團隊很不以為然，認為她只是一個網紅，除了能當模特兒，對 DBG 一點實際上的貢獻都沒有，不明白為什麼要讓 Yuki 加入戰隊佔名額。曉東解釋讓 Yuki 加入，是因為她能帶動 DBG 比賽過程的話題性與關注度，他爸爸曾說過：「培養潛在貴人，掌握關鍵資源。」也許 Yuki 她能做到他們做不到的事。

另一個孫寶的同班同學路仁嘉（綽號路人甲）是 Yuki 的頭號粉絲，擁有驚人記憶力及腦中資料庫，得知 Yuki 加入 DBG 戰隊，就一改先前不願比賽的態度，自我推薦成為 DBG 戰隊一員。

DBG 五人團隊曉東、思思、孫寶、Yuki、路人甲首次聚在工作室內舉行第一次成軍會議，自我介紹個人專長後，曉東向大家說明大致分工：

「雖然我和思思是從英國念書回來，從設計到完工都沒問題，但仍需請孫寶和路人甲幫忙車縫和收集市場資訊，完成的作品由 Yuki 穿上在台上走秀展演。」

曉東資源豐富，常作東請客，每次開會炸雞、披薩、牛排，法式點心⋯從沒缺過、孫寶是個吃貨，受益最大，思思提供朋友的服裝設計工作室讓大家使用，曉東特地準備了香檳，五人一起舉杯慶祝 DBG 戰隊集結成立，預祝 DBG 勇奪第一！

成軍後，Yuki 立即邀請曉東到直播間裡當特別來賓，把曉東在英國留學，參加過服裝設計比賽得過大獎的背景吹捧了一下。曉東說他的志願其實是開一家遊戲設計公司，因為喜歡潮流時尚的事物，也喜歡畫畫，所以才開始接觸和學習相關的服裝設計。

Yuki 問曉東原來興趣不在服裝設計？

「是啊！我爸白手起家，從機械這樣的重工業開始，後來開始做藝術策展人，他希望我能多接觸不同的領域。」

「哇！感覺你每件事都能做得有聲有色，曉東，你真的很有才華。」

直播進行中，Yuki 看著手機，網友們一直稱讚兩人超速配，起鬨喊著在一起在一起⋯，反應十分熱烈，曉東尷尬地笑著，Yuki 則順勢說謝謝大家，她和曉東現在真的「在一起」，因為他們已經組隊 DBG 參加「MF」扶青設計大賽，請大家持續關心喔！掰掰！

直播結束後，曉東謝謝 Yuki 幫團隊宣傳，Yuki 說網友們好像很熱衷於炒 CP，曉東回他們很熱情，可見 Yuki 直播經營得很好。在一旁等候的思思見兩人互動熱絡、有說有笑，實在看不下去，直接上前找藉口把曉東帶走。

兩人走出電梯後，曉東問思思，後面不是沒有行程安排，為什麼急著把他帶走？

「也許 Yuki 是為了直播效果，想和你搞一點小曖昧，但是，工作就是工作，沒必要工作結束以後，還要繼續把戲演下去。」思思口氣有點不悅，沒好氣的說。

「我知道妳對 Yuki 很有意見，但既然她已經加入我們團隊，就是自己人，如果上她的直播節目加一點效果，能夠增加點閱率，也是幫她啊！」曉東解釋著。

「我知道你是好意，也許你是誤闖森林的小白兔，但你不知道別人會不會是大野狼，我認為，你還是小心一點，你的善良要用在對的人身上。」思思強調的說道。

「但我相信 Yuki 是好人啊！思思，能不能請妳不要這麼陰謀論，如果我們都戴上有色眼鏡去看別人，那，人與人之間的信任就完全蕩然無存了！」曉東不認同思思的想法。

思思堅持自己的看法，她認為 Yuki 也許不壞，但不代表她是好人，若任由她去讓網路輿論發酵，很容易失控，思思基於保護曉東立場，不希望曉東被她利用。

曉東正式召集 DBG 小組第一次會議，討論初賽的服裝該如何設計。曉東先起個頭說很多服裝都會把標誌性的元素加進去，例如原住民的傳統服飾就會有明顯的圖騰和紋樣，他建議大家可以先針對自己隊伍的感受畫出一些圖樣，再一起討論和篩選。

這時遲到的 Yuki 進來，記憶力驚人的路人甲見到女神完全像呆頭鵝一樣眼珠直盯著：「Yuki，這套衣服妳曾經在去年的十月七日下午三點直播時穿過。」Yuki 很驚訝路人甲怎麼知道？路人甲回因為 Yuki 的每一次直播他都有追蹤，也都記得啊！

思思見狀立即把大家拉回正題，大家趕快想一想要畫甚麼吧！曉東首先提出看法：

「我覺得我們的 logo 要簡潔一點，這次的隊伍都是三個英文字母組合，不知道取名由來的人很容易把字母搞混，無法留下深刻記憶。」

就在團隊的討論之下，最後決定以「英雄難過美人關」中間跳舞的美人為主體，轉化成字母來凸顯隊名，我們只以字母 D 為代表，簡潔有力，跳舞的女子兼具美感和律動感，很符合「唐代文藝盛世」的主題，決定好方向，就由思思和曉東繪成設計圖。

路人甲提醒大家，他倒認為 JTA 很有潛力，不容小覷；孫寶則認為 DBG 有兩位得獎高手，JTA 根本就是麻瓜菜鳥，水準遠遠不及他們。思思整理一下結論說：

「能入選就已經很不容易了，後面還有好幾關要打仗，但是孫寶說得對，我和曉東在英國已經參加過服裝設計比賽，比較有經驗，但這次很難猜得到賽制，也要看我們是否能掌握得好題目。」

另一隊 JTA，于恕和藍青在校園邊走邊討論，于恕說他們還缺平車和拷克的好手，還有收集服裝品牌設計資料的隊員，請藍青想想系上有誰可以加入團隊。藍青胸有成竹和于恕走到教室找人，藍青說有一個宅氣外露，在系上應該是整個學校中記憶力最好的人，一目十行、過目不忘的超強大腦，蒐集設計資料、品牌風格這些事情，沒有人比得過他，要論抓關鍵字和提出看法，也沒有電腦比他好用。

說著，這個人就是路人甲，邊滑著手機迎面走來，藍青攔住他問願不願意一起參加「MF」扶青設計比賽？路人甲回答沒興趣，結果後來他因為太癡迷網紅 Yuki 而跑去加入 DBG 隊。

第一個就出師不利，第二個鎖定的人是到愛[註] cos 社的嚴浩，嚴浩和藍青兩人同屬神經大條個性率直的人，交情像兄弟，嚴浩爽快答應加入團隊，幫嚴浩製作角色扮演服裝的雨芯，提著衣服進來，放在桌上檢查，于恕被這個製作精美的服飾吸引了過去，驚嘆這衣服的版打得真好。藍青跟于恕非常佩服雨芯打版的功力，就力邀她一起參加 MF 扶青設計比賽，說好，得到第一名，一人一百萬。

註：cos 是 cosplay 的簡稱，cos 指的是角色扮演。

嚴浩將cos的裝備穿戴妥當，騎上腳踏車，已約好攝影師準備去外拍。當嚴浩騎過一個轉角時，被急匆匆的柳柳嚇到，急剎車下倒到一旁的灌木叢，人沒事但衣服破了，柳柳從包包拿出濕紙巾和針線盒，叫嚴浩先整理一下後站好，然後馬上幫他補，嚴浩發現柳柳立裁功夫不錯，也把她拉進JTA團隊。

立廣帶著于恕、藍青、柳柳、嚴浩、雨芯五個JTA團員齊聚一堂，鼓勵大家：

「你們都已經互相認識，也分配好任務了，大家都知道，這次的比賽攸關著學校的未來，希望你們能同心協力，為學校、為自己爭光，奪得冠軍！」

于恕首先握拳說一定會全力以赴，大家一定要有信心，藍青附和著並伸出手，其他四人也伸出手疊在一起。JTA、JTA、JTA！五人同聲喊著：得冠軍、得冠軍、得冠軍！立廣露出欣慰的笑容。

JTA五人小組聚集在裁縫教室共同討論第一關「翻轉圖騰」，如何運用「愚公移山圖」創作出屬於自己隊伍的logo，大家各自發表不同的意見。比較有經驗的于恕說：

「我之前經常協助設計師修圖改圖，也在設計logo上下了很多功夫，這是應該是「MF」刻意安排的，希望我們能有更多的發揮和創意。」藍青附和著說：

「沒錯！服裝設計的款式是隨時可以變化的，圖案卻是品牌打造一個重要的環節，增加辨識度，還能夠增加美感和協調性。跨界藝術的logo，能夠立刻變成可穿戴的流行風格。」

眾人紛紛拿起畫筆，在紙上畫起了各式 logo。藍青秀出草圖首先提出想法：「如果要代表「愚公移山圖」的理念，結合「向偉大者致敬」的精神，那是不是以這些穿工作服的人物當作主題，再去結合我們的隊名去做變化呢？」

柳柳：「不錯啊，這樣就蠻有重點的，我們選的人物有誰？」嚴浩：「當然是有影響力的公眾人物，例如周潤發、周星馳、成龍、劉德華這些大腕，把這些人物當成翻轉題材，肯定受到大家歡迎。」雨芯：「虧你想得到這麼好的點子…」

「妳們看，我把 JTA 三個字這樣排，再由人物結合運動器材滑板、啞鈴、拉力器，你們覺得如何？嚴浩、雨芯和柳柳三人都認為這樣排列很特別。」于恕看著藍青說：「好，那我再把大家的意見整合優化一下，圖都給我吧。」眾人把圖都交給于恕。

藍青、嚴浩、柳柳與雨芯在教室裡熱烈討論著 logo 設計，再過一星期，「MF」設計比賽第一關的結果就要出爐，嚴浩說這幾天網路上的評論，網軍一面倒看好 DBG；柳柳說就算這些吃瓜群眾只看好 DBG，學校也應該呼籲學生們支持學院隊，畢竟這次背水一戰也是為了學校的未來著想，學校應該採取一些動作關心一下。

雨芯倒覺得他們和 DBG 各有特色，只能說，競爭真的很激烈，要勝出的話，除了實力也要靠運氣，嚴浩也說，有本事的當網紅，沒本事的當網軍，決定結果的人是專業評審不是那些酸民啦！藍青說這次 logo 的作品他們已經送出去了，希望能贏，柳柳和雨芯都有點沒信心，畢竟

DBG 有兩個海歸派再加上路人甲那個人體電腦，恐怕只能盡人事聽天命了，嚴浩幫大家打氣，現在只是第一關，不要長他人志氣，滅自己威風，JTA 隊要有信心。

連續幾天沒看到身影的于恕突然出現，一句話也不說，藍青注意到于恕神情有異，不同以往，兩人到教室外說話，于恕面無表情丟了震撼彈，說最近外面的案子接太多，沒空處理比賽的事，JTA 團隊參加比賽的事要交給藍青主導，藍青很詫異表情嚴肅：

「于恕，你是 JTA 的隊長耶！你不是比誰都重視、比誰都在乎比賽嗎？怎麼會為了接案子想放手不管呢？太不負責任了！」

于恕神情冷漠的回答：

「對！我就是這種不負責任的人，反正現在主導權都交給妳，我沒空管了！」

藍青不信于恕說的理由，追問他到底發生甚麼事？于恕避開藍青的眼神轉身就走，留下藍青一個人呆在原地。于恕神情落寞獨自站在遠處，遙望教室中討論的眾人，他拿起手機，對著畫面上 JTA 的 logo，試圖用手指描摹著，但手不由自主的抖顫起來，越想克制越抖得厲害，他深深呼吸幾口卻一點幫助也沒用。

　　于恕故意躲著眾人，好幾天都沒出現，那天藍青在走廊的另一端發現于恕下課走出教室，頭低垂得看起來心事重重，藍青立刻追了上去，不停的追問原因，于恕裝作若無其事一副吊兒郎當模樣，藍青生氣的說了重話：

　　「于恕！不是說好要一起努力嗎？一起抓住這個機會嗎？」

　　「我告訴你，如果你要走，我們朋友也不用當了，沒有人這樣坑朋友的。」

　　于恕看著藍青離去的背影，十分懊惱，左手鉗住右手，用力得留下了指甲印。

　　一星期後，「MF」記者會現場人山人海，媒體記者和網紅等擠滿現場。DBG和JTA兩隊人馬一出現，現場立刻引起一陣騷動。曉東穿著得體時尚，一副胸有成竹、志在必得的模樣，記者：

　　「曉東，在上一場資格賽時，你帶領的DBG率先取得進入第一關的資格，請問你這次有把握會贏嗎？」

　　「當然！我們隊一直都有豐富的設計比賽經驗，這次也邀請了不同領域的好手加入，戰力值很可觀的。」

　　雖然連續幾日故意不管JTA隊的事，于恕還是很關心輸贏，他一如平常穿著隨意簡單現身記者會，記者：

「于恕，這次競爭十分激烈，你覺得 JTA 能贏過 DBG 嗎？」

于恕難掩強烈的勝負欲說：「當然，我們團隊是穩紮穩打起來的。」

公布記者會開始，Linda 手上拿出一只信封說：

「感謝大家參加今天的記者會，也請繼續關注我們的賽事。現在，就讓我們來看看，這兩個隊伍誰能搶先拿下第一分呢？」全場一片鴉雀無聲。

「現在請 DBG 展示你們的 logo！」

曉東向鏡頭展示了 logo，眾人一陣喝采好評，成員們個個展現自信的笑容。

接下來有請 JTA！

藍青向鏡頭展示了 logo，掌聲如雷，藍青對于恕露出肯定的笑容。

「好的，大家都看過了兩隊的作品，我們的評審也是經過了一番討論，現在結果已經在我的手上了，就讓我們來看看誰拿下這關鍵的第一分呢？」

「獲勝的是…JTA！恭喜！現在我們來聽聽評審的想法，有請評審老師。」

評審甲：「JTA 隊將主題和選圖緊密結合並加入了新創元素，結合了運動器材滑板、啞鈴及拉力器很有意思，又非常巧妙的體現了那種支撐起時代的小人物，以及隊伍本身的特色。恭喜！」

聽到 JTA 隊獲勝，五個組員爆出歡樂的呼喊聲，高興地互擁，立廣和其他同學們也興奮不已。接著評審乙

「DBG 對的字母設計別出心裁且具有質感，但對於翻轉與新舊元素的結合有更多的進步空間。謝謝你們！請繼續加油！」

DBG 隊原以為勝券在握，曉東、思思與孫寶、路人甲、Yuki 各個面露失望神色。于恕挺直胸抬起下巴，曉東則向于恕翻了個白眼，表示等著瞧。

記者會會後立廣和于恕、藍青、柳柳、嚴浩、雨芯一起在麵攤慶功，氣氛一片歡樂。個性溫柔善體人意，擅長打版裁縫，但總是對自己沒信心的柳柳說：

「成績公布時，DBG 整組人臉都綠了，之前網路上都看衰 JTA，沒想到這次跌破大家眼鏡！我們通過海選，第一關還大勝實力堅強的 DBG，好像作夢一樣。」

藍青把功勞歸諸於大家集思廣益的結果，鼓勵大家接下來還要繼續加油！

「是啊！你們盡量點東西吃，老師請客。于恕，接下來就要靠你的「神之手」奪得冠軍囉！」立廣用愉悅暢快的口吻招呼著學生們，也鼓舞著于恕。

于恕沒有回答，敷衍地笑了一下，藍青看在眼裡，體貼的將碗裡的滷蛋夾給于恕，說隊長多補點，于恕有點不自在嘴上說著幹嘛啦？但嘴角掩不住笑意。

「謝謝你回來領導我們啊！這顆看起來很入味，你好好享受啊！」藍青體貼的說。

于恕發自內心地笑說他只喜歡蛋白，不喜歡吃蛋黃，藍青一聽大喜，太好了，以後的蛋黃都歸她，這樣兩人可合作無間。

在一旁吞口水的嚴浩，眼睜睜看著問有入味嗎？

藍青忙不迭地點頭，立廣看到笑了起來，從口袋抓出一把零錢。

「柳柳啊，妳看大家誰還要吃滷蛋，去跟老闆加點，剩的錢再切一點滷味。」

眾人齊刷刷舉起手，于恕咬著蛋白緩緩舉起手，可以切素雞嗎？

一個簡單的麵攤慶功聚，學生們純真歡樂的笑開了。

立廣乾枯很久的心田受到甘霖般的滋潤。

DBG 隊落敗後，曉東選在義大利餐廳裡開檢討會，孫寶面前已經堆了好幾個盤子，還想搶路人甲的牛排，兩人互相拉扯著盤中牛排。曉東和思思臉色沉重，不發一語。孫寶忽然重重放下刀叉，把大家嚇了一跳，孫寶環顧大家的臉。說了一句不對！其中一定有問題！

「肯定是 JTA 私底下運作，買通了評審，所以我們才會輸給他們！」

曉東很持平的說：「但是他們的確也有做得不錯的地方啊！居然可以把藍青常穿的那套工作服融入其中，還連結到藍領階級……」

思思聽了很不以為然，忍不住放下刀叉，責問曉東要替藍青講話到什麼時候？忘記自己是哪隊的？曉東說即便是對手，但對手有好的地方也應該欣賞無妨阿！

思思擺出明顯的妒意覺得曉東就是在欣賞陳藍青，曉東則覺得藍青的表現也是他們那隊優秀的一部分！思思生氣地抿著嘴，帶著火藥味對曉東說很好，請慢慢欣賞去吧，她不奉陪了！說完轉身離開，孫寶看著這緊張的局面不知如何是好。

路人甲唉聲嘆氣打破僵局的說，「唉，你們看，現實的 Yuki 女神看我們輸了，連這頓慰問餐都不來吃。」曉東壓抑情緒，樂觀的鼓勵大家。

「大家振作起來，現在才是第一關而已，我相信拿出真正的實力，第二關還不知道要比什麼內容，我們好好養精蓄銳，最後連贏兩場就可以奪冠了！」

輸了第一關的比賽，曉東在房間裡戴著 VR 坐在電腦前打怪，床上凌亂不堪，拉上的窗簾房間一片黑暗。電腦裡的主角殺遍怪物又取得寶物，簡直是天下無敵手。曉東打得正投入，思思開門進來，把窗簾拉開，陽光一下子照射進來，一把將曉東臉上的 VR 拔下來，被強行中斷的曉東口氣有點不快的抗議，不是不奉陪了？思思說：

「你在孫寶他們面前信心喊話，回到家完全不是那麼一回事，輸給 JTA 就自我放逐，要怎麼面對第二關？」

「我沒信心，是我個人的事，但是不能影響孫寶他們，對他們信心喊話，也只是說給他們聽聽而已。」曉東回應說道。

「張曉東，你怎麼這麼虛偽？對隊友虛情假意，對敵隊的都快捧到天上去了，你為什麼搞不清楚，誰才是一直在你身邊、跟你一起奮鬥的人！」思思語帶責備。

「我就是虛偽，以前為了討好我爸，拜託妳代打，才取得了英國青年服裝設計大獎，就連畢業作品也要請妳修改才敢交出去，我根本就是廢物，妳就讓我繼續耍廢吧！」曉東有點洩氣的說。

「你要當廢柴也不是現在，沒錯！一直以來都是我當你的打手，幫你比賽幫你畫設計圖，但是到最後還是要靠你自己啊！」思思聽到曉東的洩氣話反過來鼓勵的說。

「我不想聽妳說這些大道理。」曉東說完，逕自帶上 VR，完全不理思思。

思思氣得衝出去，沒想到在門口撞見全部聽見的阿發。

阿發聽到曉東講出心裡的話，氣憤又失望的質問曉東：

「我沒有想到，你居然會讓思思代打作業，連英國的服裝比賽冠軍，也是思思替你完成的，你怎麼能做出這種事？」曉東面對父母親，低著頭，曉東小聲的說：「因為不想讓父母失望…」曉東說出真心話，反而讓阿發和丹丹一愣。他接著說：

「爸、媽，對不起，我是真的對服裝設計沒有太大的興趣。」丹丹和緩的問：

「既然你不想學服裝設計，為什麼還要接受我們安排去英國讀書、參加比賽，太荒唐了！」曉東回答：

「因為我愛你們，希望你們開心，所以盡量配合你們的要求、聽你們的話。我知道我是長子，你們都對我有很高的期望，所以，我才出此下策，請你們原諒我。」

「曉東，從小都是爸爸陪伴著你讀書，媽媽是大陸人，你們這邊的教材和我學得不一樣，哪一次月考不是爸爸幫你複習。」丹丹撫著曉東肩膀說道：

曉東嘆了口氣說「爸、媽，你們知道我喜歡電競，還是堅持我走服裝設計這條路，但你們可以站在我的角度想一想嗎？我當然想要做一個對自己、對別人都誠實的人，不論過去或是現在都是。但你們不能這樣干預了我的人生、對我的未來比手畫腳之後，又說我應該對自己坦誠。」曉東不想再演了，他直白說出自己心中的話。

阿發和丹丹一愣，完全沒有料到原來兒子心裡是這樣想的。阿發：

「曉東，我只是希望你少走冤枉路，不要像我年輕時候一樣，沒有機會好好求學，吃苦受罪，沒有想到這樣做，竟然會帶給你那麼大的壓力。」

「對不起，其實我一直想把這些話說出來，但是怕傷了您跟媽的心，所以放在心裡很久了！」曉東說完如釋重負。

阿發：「曉東，你跟妹妹樂樂，真的是很幸福的孩子，因為我跟你媽媽努力打拼，你們才有今天這麼優渥的生活，爸爸還記得當年在大陸創業的時候，人在異鄉想著故鄉的月…」阿發想起當年在大陸受的苦，也像大部份的父親般，開始絮絮叨叨說了起來。

但曉東想聽的不是這些，他這個Ｎ世代接觸世界的方式與阿發完全不同，生活價值觀、工作態度與工作的意義、專業與成就感，世代間的差距愈來愈顯著。曉東認為電競已成為新興熱門產業，電競不是單純的打遊戲，它所串聯的產業鏈非常多元，也是現在科技發展的趨勢，他希望阿發能了解他支持他。

心魔

大道理、心靈雞湯那一套，全是說給人生勝利組聽的，于恕內心深受折磨，他知道除非解開心中枷鎖，否則無法創造圓滿的自我，意志力戰勝不了生理。

于恕在藍青打工的咖啡店上網查資料，曉東和一對打扮時尚的男女朋友一起走進來，男生是之前找于恕幫忙畫設計圖的型男，女生穿著就是他幫型男代筆設計的衣服，三人有說有笑的討論著時裝。

曉東：「妳說的那家義大利品牌？我知道，他們今年出的春裝走海洋風，設計師在衣服袖子畫上了人魚、船錨，就是採用水手刺青的概念。」

「人魚？我最喜歡美人魚了，JAY，下次我要請你幫我設計一款跟美人魚有關的新裝，我穿出去一定豔驚四座。」

「沒問題，我還可以幫你設計相關的飾品，這樣更有整體感。」型男一副胸有成竹的說。

「太棒了！這件你幫我設計的外套，我很滿意，還配了一條項鍊，你看，是不是更有時尚感？」型女在型男面前擺首弄姿，型男則誇獎型女配上這條項鍊更襯托氣質。」

于恕注意到女孩穿的他幫型男代筆設計的衣服，但是配件搭得不恰當，一時忍不住走上前開口糾正那個女孩。型男見是于恕，訝異之餘好生尷尬。

于恕：「不好意思，這件衣服是強調衣領的，不需要其他配件……于恕伸手想要調整型女的衣領，型女下意識躲開。」

型男有些緊張，急忙阻止于恕，眼神暗示他江湖上要懂行規阿，畢竟圖已經賣了就屬於買家的了，說道：

「怎麼樣？我設計的、我搭配的，輪得到你講話嗎？」曉東在旁加油添醋，又不是本科系的，看法意見也太多了吧？每個設計師都有自己的巧思，住海邊嗎，會不會管太廣。

不給于恕開口機會，型男繼續大聲嚷嚷，輪不到你來批評指教！少丟人現眼了！于恕被激怒跳起來，口不擇言的說：

「有本事就不要來跟我買設計圖啊！像你這樣不懂搭配又自以為是的「設計師」，只會撿現成的，滿街都是。」

型女和型男尷尬不已，站起身來，型女脫下外套，丟在椅子上，兩人臉色鐵青離開，曉東尷尬地看著朋友離開，他不滿于恕得罪自己的朋友，興師問罪。曉東：

「于恕，你真的很魯莽，我們在這裡聊天，關你甚麼事？怎麼能跑來得罪我的朋友？」

「關我什麼事？他拿著我設計的衣服隨便講話，真是甚麼人交甚麼朋友。」曉東訝異衣服原來是于恕的設計，懷疑他會不會自大得太可笑了！

「不懂時尚又裝懂的人滿街都是，我只是想捍衛我的作品。」

藍青過來很不滿地的說，這裡還有其他客人，叫他們到外面去吵否則閉嘴，曉東和于恕這才休兵。

于恕氣憤地離開，獨自到裁縫教室裡畫圖，想到剛剛的事還有些生氣，忽然間，又手開始抖了起來，完全抓不住筆。彩色鉛筆掉落在地上，于恕深呼吸，企圖再拿起另外一支筆，這才勉強吃力地拿起來。此刻正好立廣進來，于恕連忙放下筆，裝沒事。趕緊跟立廣打招呼。

立廣問就只有你一個人嗎？其他人呢？于恕說有的去上課，有的去選材料。立廣鼓勵于恕：

「嗯，你是隊長，一定要好好帶著隊員，加油！」于恕點點頭說聲知道。立廣離開後，于恕用左手握住自己的右手手腕，不禁擔心了起來。

他拿起手機撥了通電話，約了學校心理諮商師。于恕依照約好的時間前往諮商室，心理諮商師坐在躺椅旁，語氣溫柔的替躺在躺椅上的于恕諮商。

于恕很不解的問道：「我不懂，我的雙手大部分時間都很正常，但有時候會忽然發抖、拿不住東西；甚至，在我拿畫筆、剪刀這些工具時，竟然會無力到完全無法使用這兩隻手。」

諮商師：「你還持續做著那場車禍的噩夢嗎？」

于恕：「嗯，車禍的噩夢持續不定期出現，夢境都一樣，但是我依然每一次都驚醒。」

諮商師：**「你的手有時候會出現無力的狀況，完全是心因性，也就是心裡的陰影一直沒有處理好，只要碰到壓力或是挫折時，就無法拿筆或任何與裁縫有關的物品，甚至到最後很有可能，你的手會在心理作用下，完全無法發揮功能。」**

于恕淡然表示，他不認為自己有甚麼心結，就算真的有，也不需要處理，因為，那就是他必須承擔的。

諮商師：「看來那場車禍對你的影響非常深，如果你願意，可以考慮嘗試催眠，我們一起找出癥結點。」但于恕不想，他道完謝後開門就走。

幾個深夜時分，于恕總是做著重複的惡夢，夢境中「大雨一直下，旁邊一台大卡車，前方有一輛車迎面撞過來，蹦一聲：在微弱的路燈照射下，除了雨聲，完全是一片死寂。撞扁的車頭，後座孩子的大哭聲，淒厲喊著爸爸、媽媽：爸爸：那個看不見臉的男人把他從車上拖下來：」于恕大叫一聲：「不要！于恕從噩夢中驚醒過來。」

于恕整個人在床上坐起身，雙手摀住臉，好不容易才平復自己的情緒，七歲時那場雨夜的車禍，死神奪走了他的父母，害怕的他，親眼看到父母慘死的模樣，這麼多年了！父母車禍的畫面經常出現在他的夢中，日復一日年復一年，隨著他成長，他知道這是不可改變的事實與命運，但是，為什麼偏偏是他？為什麼當年死神不直接也把他帶走，讓他在這場車禍裡失去了疼愛自己的雙親，自己卻活了下來？

于恕想起心理諮商師說的話：

「你的手有時候會出現無力的狀況，完全是心因性，也就是心裡的陰影一直沒有處理好，只要碰到壓力或是挫折時，就無法拿筆或任何與裁縫有關的物品，甚至到最後很有可能，你的手會在心理作用下，完全無法發揮功能。」

于恕下床來，打開書桌燈，慢慢地試圖輕輕從桌上拿起彩色鉛筆，正要在紙上上色時，竟然變得毫無力道，整支筆掉落在桌上，于恕驚訝害怕極了！書桌上好幾張畫得歪歪斜斜的設計草圖，他正在試圖用左手扶住右手手腕，讓右手拿起畫筆來作畫。但畫了幾筆歪歪斜斜的，右手中的筆仍然無力掉落。

此時，奶奶敲門進來，手上拿著幾件摺疊好的乾淨衣服，于恕見奶奶進來，連忙裝沒事接過衣服。奶奶注意到桌上歪斜的畫作，知道于恕還困在童年那場車禍裡，她拉開椅子坐了下來，說：

「于恕：這幾年來，你上課還要打工又畫圖賺錢貼補家用，真的很辛苦！」

「怎麼會呢？我有能力幫忙家計，一點都不累。大家都喊我「神之手」呢，哈哈！」

「奶奶說的不是身體的辛苦，是心裡的辛苦。孩子，奶奶活到這年紀，從來不回頭看過去傷痛的經歷，那些都是讓我們變得更堅強的養分，你還年輕，還有大把的青春和時間，如果一直糾結在過去，你不會快樂的。」

「我知道，但是那段記憶太痛苦了，每當外界對我有期許時，我就想到要背負爸爸的傳承責任，這雙手就開始不聽使喚，越想畫設計圖縫製美麗的衣服，就越困難⋯⋯」于恕哀傷的說起：

奶奶心疼的抱住于恕，慈愛地摸摸他的頭。說：

「如果你真的累了，那就放下針線休息吧！辛苦了，孩子。」于恕眼眶泛著淚。

雅禮學院學校會議室內響起一陣掌聲，校長和立廣歡喜的站在會議室前方。

校長笑盈盈的說：

「恭喜立廣老師指導的學生團隊在初賽中獲勝，希望立廣老師再接再勵，帶著學生們勇奪冠軍。」立廣禮貌的回說：

「謝謝大家，我們會繼續努力的。」此時孫偉卻持不同意見的說：

「校長，雖然學生團贏了第一關，但是事關我們學校的未來，我質疑立廣老師的能力能否撐到最後？我建議換系主任當指導老師。」

立廣一時心急，趕緊辯解：

「校長、孫會長，也許你們對我不滿意，但是參賽的學生們已經投入很多的時間和心血在這次的比賽中，如果現在換指導老師，我擔心會影響學生士氣。」校長連忙解圍

「是啊，孫會長，我知道大家都很重視這次的比賽，但我認為現階段不宜更動，還是交給立廣老師繼續帶領 JTA 團隊好了！」

孫偉面露不屑之色，既然王老師這麼有信心，那只好再給他一次機會，到時候大家就會知道他有沒有拿冠軍的能耐了，孫偉的態度，讓立廣感受到龐大的壓力。

立廣在辦公室裡想著剛剛校務會議差點被換掉，心情有點低落。他已經好幾天都沒看到于恕到縫紉教室，心裡覺得很奇怪，特地把他找來聊聊。

于恕走進來，跟立廣說想把 JTA 主導權交給藍青。立廣有點驚訝的問：

「現在戰隊正是最需要你的時候，你卻想把主導權交給藍青？」于恕向立廣坦承：

「老師，其實我，心裡有一點問題：我受到當年爸媽出車禍的影響，跟服裝相關的事物會讓我想到爸爸，所以每次只要碰到跟縫紉有關的壓力，情緒就會變得很低落。」

于恕的話觸碰到立廣內心深處的傷疤，他欲言又止。

「我一直想知道究竟是誰害死了我的父母？我想問這個殺人兇手，我們一家被他全毀了，這種痛苦，沒有人可以體會的，為什麼他要做出這麼殘忍的事？」

立廣聽完于恕的話內心糾結不已，該告訴于恕害死他父母的兇手就站在他面前嗎？沒有想到這個陰影影響于恕這樣深、這樣久，他很想全盤說出事實，但于恕不想接受立廣的勸說，打斷他的話：

「老師，你不用勸我，藍青已經跟我談過了，我會控制自己的情緒，帶著大家一起繼續衝刺，我不會讓大家的努力被我廢掉，謝謝老師。」

于恕說完離去，留下立廣難過地呆坐在椅子上。

命運

窮苦人家的孩子，根本是被命運討厭吧，怎麼會有機會呢？

藍青和于恕兩人聊著自己的家庭，于恕把自己囚困在童年的噩夢裡，藍青小心翼翼的問于恕對爸媽的印象，于恕回憶著，他記得爸爸很會做衣服，有很多客人找他訂製旗袍，他媽媽很會做菜，經常包水餃拿到市場賣，家裡雖然不富有，但是很快樂……所以，他很羨慕別人那種爸爸下班回來、媽媽端出熱騰騰的菜，全家圍坐一起吃飯的家庭溫暖。于恕覺得命運要打壓你，努力根本不堪一擊。

藍青父親走得早，為了賺母親玉芳的醫藥費，沒日沒夜的打工，她曾經恨過老天給自己這樣的命，但恨過了不能停在那裡，沒傘的孩子只能往前跑，她想要試試看，如果夠努力，是不是會有不一樣的人生。

于恕對著藍青說：「放心，如果沒傘，我也會陪著你一起淋雨。」

藍青樂觀的想當機會來臨時，夠努力的人是不會錯過的。現在，我們不就要一起去參加MF的比賽了，她告訴于恕：

「只要努力跑過風雨天空就會出現彩虹。」

「藍青，有妳真好，我不會再孤單了。」于恕感動的說。

這一晚，藍青下班回家，發現媽媽昏睡在床上，正發著高燒，藍青嚇得趕緊打電話叫救護車，于恕知道了情形，趕緊前往醫院，于恕陪伴藍青一起等候，坐在醫院病房外的樓梯台階前，兩個同病相憐的人並肩坐著，等候藍青的媽媽吊點滴，相互傾吐著生活的無奈。聊著聊著藍青打了一個呵欠，她真的太累了，靠在于恕的肩膀一下子就睡著了！于恕憐惜的看著藍青，伸出手輕輕摟著藍青的肩，這一刻，兩個人的身影，在星空的照映下，不再孤單。

過了幾天，藍青扶著剛出院的玉芳回到家，玉芳擔心的說，這次我住院的費用應該不便宜吧？藍青安慰媽媽，叫她不必擔心，她會想辦法處理，已經兼了好幾份工了還負擔得起啦！

玉芳心疼的說：

「妳每天早出晚歸，既要上學還要打工，媽媽很心疼妳，藍青，妳要照顧好自己的身體，千萬不要像我一樣，要死不活的，拖累了妳。」

藍青跟媽媽說，這不是演電視劇，要她平安健康好好過日子才重要。藍青回到自己房間，從抽屜中拿出銀行存摺，看了看戶頭只剩幾千元，忍不住擔憂起來，她拿起手機打了幾個電話，拜託他們幫她排代班，她真的需要多賺錢。

藍青拿著單子在醫院批價處，想替媽媽領藥。批價處護理師按了幾下電腦鍵盤後跟藍青說，已經積欠醫院十七萬多的醫藥費了，恐怕沒有辦法再繼續讓她積欠下去。

藍青極盡所能的解釋母親的病況，每天都需要吃抗癌的藥物，能不能讓她先領這次的藥？但護理師也很為難的解釋，不是不讓她領藥，重點是她媽媽馬上就要接受下一個療程，如果沒辦法付清醫藥費，恐怕就要被迫轉院，同時，醫院也會繼續向催討欠款。藍青無助地走出醫院。

命運之神總在你最需幫助時捉弄你，藍青打工的汽車精品店，最近幾個月店裡生意很差，總公司決定精簡開銷，所以請藍青做到當天，不用再來，經過再三請求也無法改變，拜託店長請總公司先算工資給她，她急著要用錢，店長也只能像總公司轉達，沒辦法替她爭取。店長說完就離開，藍青脫下工作手套，一時之間千頭萬緒茫然不已。

拖著疲憊的身子，走到家門口。忽然之間，藍青滿腹辛酸和委屈一擁而上，更多的是覺得自己無能為力，再怎麼辛苦工作賺錢，都填不滿媽媽醫藥費這個大洞，她真的覺得好累、好無奈、好痛苦⋯藍青慢慢坐在家門前，不禁痛哭起來。然而，就算疲倦，就算面對困難與打擊，媽媽的身體還是要醫治啊！萬一媽媽看到自己這個樣子，一定很擔心、很不捨，藍青抹乾眼淚，站起身，整理好自己的情緒，走進家門。

藍青一進家門，故意擺出愉快開心的模樣，玉芳開心的張羅藍青最喜歡吃的水餃和紅豆湯，藍青上前抱著玉芳撒嬌，玉芳問藍青今天去醫院領藥了沒？藍青心虛的放開玉芳謊說今天店裡忙，沒空去醫院，明天再去領藥。玉芳敏感的問：

「妳老實說，是不是我們沒付醫藥費，所以醫院不給藥了？」

「唉呦，媽，妳想太多了！最近我們汽車精品店裡生意好得不得了，店長今天還叫我提前去上班，所以才去不了醫院。」

「那就好，只是，我擔心欠醫院那麼多錢，該怎麼還？」玉芳心疼藍青嘆氣的說。

「這您就別擔心，我打那麼多工不就是要賺錢嘛！怎麼會沒辦法還？啊，我肚子好餓，先去吃水餃了！」

深夜，藍青呆呆地坐在書桌前，回想著醫院裡催繳醫藥費的情景，藍青已經被逼到絕境不得不下定決心去尋求另一個途徑的援助，她從背包裡找出前幾天家長會長孫偉給她的紙條。

那一天孫會長到學校找藍青，問她之前穿的舊工作服是爸爸留下來，認不認識吳育仁董事長，藍青回說她父親是陳阿生，大家都叫他「生伯」，已經過世十年了，當場孫偉說了一個很誇張的提議，要她演出一場假冒千金認父戲碼，孫偉說當年他在張總和吳董一起在大陸合夥的公司上班，很清楚張董與吳董兩人相知相惜也相挺的往事。

現在張總要找吳董報恩，找不到本人，女兒也可以啊，你就當成幫長輩一個忙，善意的謊言沒人會怪她的，孫偉調查過她家狀況，知道她父親早就生病去世了，現在她媽媽又罹患急性淋巴性白血病，如果是標靶治療，每個月至少需要二十萬治病，為什麼不將計就計、將錯就錯，冒充吳董的女兒呢？

孫偉說服藍青，張總念舊，一心想報答恩人，他一定願意拿出一大筆錢給她媽媽治病，然後她每個月再分一筆錢給家長會當作運作資金，這件事不就是一舉多贏嗎？

藍青非常抗拒，她怎能做這種詐騙的事情，更何況，她也不會演戲。孫偉再三保證，請她放心，他會提供相關資料給她，只要她不說，不會有人知道。臨走前，孫偉拿出一張寫著他手機號碼的字條，要她先收起來，相信她會用得到，藍青斬釘截鐵說自己絕不會為了這件事打電話給孫偉，沒想到金錢的壓力會逼她走到這一步。

在孫偉的安排下，孫偉帶著藍青來到阿發辦公室相認，阿發對著藍青說，他已經聽孫偉說了她們家裡的狀況了，沒想到吳董過世後，她們的生活會如此艱苦。孫偉能言善道的發揮著：

「吳董過世之後，董娘為了生活，只好帶著藍青改嫁陳家，所以藍青也跟著改姓陳，沒想到那位陳先生前幾年也病故，只剩藍青和董娘相依為命。雖然風波重重，但總算圓了你的心願，找到了吳董的家人。」

藍青從頭到尾都不太發言，讓孫偉去自編自導自演，她非常心虛扮演冒牌千金。阿發非常真誠的對藍青說：

「我一直想要回報當年吳董對我的恩情，因為沒有他就沒有今天的我，就算吳董已經往生，我還是希望有機會可以照顧他的家人。藍青，妳有甚麼需要我幫忙的地方？儘管說，不要客氣。」

藍青鼓起勇氣跟阿發坦白說想向他借錢，替她媽媽治病。阿發一愣，轉頭看著孫偉，孫偉連忙解釋：

「是這樣子的，董娘罹患了癌症，需要一大筆醫藥費，藍青這孩子很孝順，拼命打工賺錢想替董娘治病。不過，畢竟還是個大學生，能力有限，所以想請你伸出援手。」

阿發聽完，跟藍青說妳專心讀書，錢的事不用擔心，他願意無償替她媽媽治病，藍青感激又感動，閃睛閃著淚光跟跟阿發說，以後她一定會想辦法把錢全部歸還的。阿發叫藍青別放在心上，再說就見外了，他想帶藍青去一個地方走走。阿發帶著藍青來到當年的工廠廠房前。

「當年我跟妳爸爸認識時，就在這附近的工廠，但現在因為工業區重劃，如今物事人非，所以，也只能到這裡來回想當年。」

藍青問：「這裡有您跟我爸爸的回憶？」

「是啊，我記得當年颱風，我冒雨來這裡關電箱，不小心觸電休克，要不是吳董來相救，我早就去見閻羅王了！後來吳董又找我一起去廣州闖天下，後來還一起合開公司，讓我從此風生水起，成功脫貧，我這輩子最感謝的人就是吳董。」

「原來我爸爸曾經在這裡救過您。」

「是呀！不過，這不是妳第一次來這裡。吳董曾經把妳帶來我們工廠玩，我第一次見妳的時候，妳還很小，差不多才三、四歲吧！我說的這些，妳應該都沒有印象。」藍青：「是啊！真的不記得了！」

順利扮演假冒千金與阿發相認後，藍青終於可以還清醫院醫藥費，她順便買了一大堆好的食材、補品和水果回家。藍青把食材放在餐桌上，玉芳過來看這些東西，好奇藍青哪裡來的錢？藍青謊說是她向學校老師借的，玉芳暗暗納悶藍青的錢出處，感到不安。

曖昧

曉東為了MF比賽來到大稻埕永樂市場逛逛，看看有甚麼新布料，曉東對零碳未來的市場新需求所研發，各種自然纖維與環保混紡創意布料很有興趣，這一天他走進一家布莊，巧遇藍青，兩人分別看了棉布、針織布…等布種後。曉東提議有一個朋友在這附近開飾品店，邀藍青一起去逛逛。

這家飾品店標榜全部都是手工製作，也可以接受客製，藍青注意到一個髮夾，覺得髮夾設計得很好，拿起來給曉東看。店員介紹髮夾的故事：

「妳真的很有眼光，設計師當初是因為曾經暗戀過一個美麗的女孩，一直到女孩嫁人生子，這麼多年了，都還不知道設計師暗戀她，為了紀念這段單戀，才特地設計出這只髮夾。」

藍青說現在的商品都流行包裝故事，不管真假，大家都很愛聽，曉東也附和著這就是行銷手法啊！藍青看了下價錢，她根本無法下手，看了一下時間，她得趕去咖啡店打工，就急急離開，曉東等藍青離開後，偷偷買下這指髮夾。

挑藍青去汽車精品店打工那天，曉東開著跑車，在門口等她下班，接她去咖啡店上晚班，到咖啡館門口，曉東遞上一個小盒子，叫藍青打開來看看，藍青打開後發現，裡面居然是那天她看上的髮夾，她感到驚喜但覺得無功不受祿，不知曉東為什麼要送禮物給她？曉東謅了一個理由說：

「自古寶劍贈英雄，金釵配美人，妳又幫我修車，又陪我吃飯⋯剛好看妳好像很喜歡這只髮夾，也覺得很適合，所以買下來送給妳。」

曉東瞎扯了一番，連自己都覺得很瞎很好笑，藍青也偷笑，藍青叫他直接說重點，否則這個禮物她不收。曉東有點害羞的說，昨晚我夢到和妳一起走在金黃色的沙灘上，天上下的不是雨是片片的玫瑰花瓣，一陣清風吹落了髮夾，所以我是替髮夾找到他的主人，藍青半信半疑收下，很會嘛，再編呀！約好下次曉東到她打工的店裡來換她請，講定後藍青轉身跑進店裡去上班了，曉東望著藍青離去的背影，緩緩揮了揮手。

曉東和思思兩人邊走邊看櫥窗裡的展示，就這樣逛了一整天，思思說這樣走著，很像他們在英國念書的時候，有一次下大雪，她們故意跑出去逛街，還找到一家地窖酒館喝熱紅酒。曉東回憶的說：

「那一次真的開了眼界，酒館老闆跟我們介紹喝熱紅酒、暖暖身，我才知道原來紅酒是可以喝熱的。」

此時路過一家飾品店，思思停下腳步，看著櫥窗擺設，就順口問了曉東，那天你買的那只髮夾，後來送給誰？曉東敷衍的說就一個朋友啊！餓了，走吧！去吃炸雞。

兩人走進一家美式餐廳，正是用餐時段，年輕美麗的服務生穿著時尚運動衣，腳上踏著直排輪送餐，把店內的氣氛帶到最嗨。曉東和思思已經點好餐，服務生送上餐點，居然是藍青，藍青看到是曉東很驚喜，沒想到他會來這裡。曉東說他和思思在附近逛街逛累了，就想來這裡吃炸雞，然後跟藍青介紹思思，思思看著藍青：

「如果沒有記錯的話，妳就是藍青，對嗎？」藍青熱絡的打招呼：

「你好呀！歡迎光臨本店，我可以偷偷幫你們升級成松露薯條。」曉東也小聲回應：

「那就麻煩你了！」藍青比個手勢：「OK，沒問題。」

曉東看到藍青戴著自己送的髮夾，心中很是高興，藍青轉身離去，還回過頭對著曉東指指頭上的髮夾，一笑，表示感謝，曉東向藍青比讚，思思見狀，心裡湧起一股醋意。

曉東邀集大家在工作室開會討論第一關落敗的原因，孫寶認為研究過 JTA 會贏，致勝點是在他們畫的工作服上，完全強調了「向偉大者致敬」的勞動精神，所以，這次接下來一定要出奇招，才能在第二關勝出。

思思提議：「那我們就從「唐代文藝盛世」再度翻轉，從中國風服飾發想，再結合現代的運動時尚風，這樣一定能夠別出心裁、出奇制勝。」曉東大表贊同：「這個主意很好，這樣的設計宜古宜今，既然有特色又實用。」路人甲自告奮勇：「太好了！我可以負責拷克。」孫寶：「我可以負責平車。」

思思總結：前期的設計、打版、裁剪，就由曉東和她負責。曉東說：「既然已經分工了，我們就開始行動。」

四人達成協議，思思叫住曉東，問他是否有空可以一起吃個晚餐，順便討論選料的事。曉東回答好啊，但餐廳由他選。思思發現曉東為了找藍青特地到她打工的這家餐廳，不禁開始生氣。藍青見到曉東面露喜悅，拿著菜單，穿著直排輪過來聊天，曉東見藍青還戴著髮夾，心裡很是高興。

「嗨！曉東、思思，你們想吃甚麼盡量點，今天這頓飯我請客。」

「聽我爸說了，原來妳就是他苦心尋找的恩人女兒，這也太巧了吧！」曉東說著，望著思思的眼神充滿著好感。

「是啊！世界很小，原來我們倆這麼有緣。」藍青爽朗的回應。

「既然有緣，就應該互相照顧。」曉東順勢繼續說。

「當然！歡迎你隨時來找我！我先替你們點招牌炸雞，其他的你和思思慢慢看，想吃甚麼告訴我。」藍青沒忘記工作的身份應對的說。

思思在一旁看著曉東和藍青兩人的互動非常親近，心理很不是味道，她從鼻間哼了一聲高舉手叫藍青給她一杯熱開水。藍青立即應答：「好的，馬上送過來。」

藍青離開，曉東目送藍青的背影，思思拿出筆記本，曉東問思思是否在看選料的東西？等下吃飽再用啦！思思臭著臉回答沒關係她自己會弄，反正曉東也不是來討論選料的。曉東看了一下菜單說：「藍青上次好像很推薦羊肋排」，思思沒好氣的說她不吃羊。

兩人吃著餐，氣氛有點僵，曉東發現思思怪怪的，問她哪裡不高興嗎？

「我只是想，在你的心目中，我放在甚麼位置？」思思有點妒意直白的問：

「妳是我很重要的好朋友、也是工作夥伴。」曉東不假思索的回應。

「除了好友和工作夥伴之外，還有別的嗎？」思思進逼著。

曉東不想直言傷害思思，但又不想騙她。

「思思，我們是青梅竹馬，一直把妳當成不可缺少的搭檔，日後不管創業或做任何事，絕對少不了妳。我知道妳對我的心意，但，也只能停留在知道而已。」

思思心中苦澀難受，低頭一陣子，整理好情緒再抬頭故作輕鬆的說：

「就像李白《長干行》中的經典詩句「郎騎竹馬來，繞床弄青梅，同居長干里，兩小無嫌猜，對嗎？總之現在我們先把重心放在比賽上。我今天自己回去就可以了，再見。」

思思轉身離去，幾步後她回頭望，發現曉東頭也不回的走了。思思嘀咕著：竹馬都敵不過天降的嗎？

擁有彷彿貴族化身的美貌與氣質的思思，心思縝密，刀工一流，在英國聖羅蘭潮流藝術學院成績也一直保持優秀。外表看似高冷，但總安排曉東的行程，打理他的生活一些瑣事，但曉東一直把她當成哥們兒來看待，思思已經看出曉東對待藍青的心意與對待自己的差別，有些失落和不甘心。

第6章　耀動時尚

演講

MF扶青服裝設計大賽賽程第二關主題是—耀動時尚兩隊要設計並實作出一套兼具時尚與生活機能的服裝，把設計好的LOGO設計在衣服上。MF官網上成立了兩隊的專區，除了服裝設計競技，也進入網路戰，參賽者可以透過社群平臺，分享團隊的動態，高調秀出該隊才藝，以及與眾不同的個人魅力，也可以看到網民們的評論。

阿發應雅禮學院之邀到學校演講，戶外跑馬燈及紅布條上面寫著「扳手工如何開創藝術之路」字樣，全校師生包括孫偉與立廣都坐在台下聽阿發演說。

阿發娓娓道來，一九九六年他那時是一名扳手工人，有機會到廣州以扳手安裝起重機的技術開始創業，期間承包許多了台商西進建廠的設備工程。回來台灣後買了辦公室，正好想買一幅山水圖佈置，常到畫廊欣賞畫作，遇到一個叫強尼的畫家經紀人，強尼說，掛辦公室的山水畫也是風水畫，一定要有氣勢，剛好他有一幅大畫家陳朝寶的畫作。

強尼說：「這幅畫有大山有瀑布，大山代表有靠山，瀑布代表財源滾滾而來，瀑布水流到平地變得和緩，正好位置就在主人的座位上，也表示進財守得住。」在強尼介紹下，阿發也覺得這幅畫畫得真好，動靜皆有、氣勢十足，當場就付了訂金。

阿發說自己會轉型當藝術策展人的機緣是，隔了幾天他再到畫廊看畫，卻沒人出來招呼，他逕自走到後方的喝茶處，那裏有一張大桌子，專門供平日畫家現場即席揮毫用，上面備妥顏料、畫筆與畫紙。阿發走進去，正好看見陳朝寶被兩名黑衣人圍在桌前，強尼在旁逼迫陳朝寶作畫，叫他配合：「就多畫三張吧！有錢大家一起賺不是很好嗎？不要敬酒不喝喝罰酒。」

強尼看到阿發走進來，嚇了一跳，連忙示意兩名黑衣人趕緊離開，立刻換上笑臉招呼阿發，陳朝寶在一旁驚魂甫定。強尼趕快幫阿發介紹這位就是大名鼎鼎的陳朝寶老師。

陳朝寶看到強尼有客人，連忙說自己要先回去了！阿發馬上接著說車子就停在門口，然後送陳朝寶回到畫室內。聽陳朝寶說，強尼替他賣畫，但是每次都要他多畫好幾張，而卻只付一張畫的錢，他不肯再把畫交給強尼賣，強尼就叫人來脅迫他，逼他現場作畫。

這個強尼壓根就是是文化流氓，怎麼能做這種不入流的事，藝術家要出頭千難萬難，需要累積多年的努力和心血，才能有今天的成就，藝文界很多像強尼這種畫商騙子，靠壓榨和欺騙藝術家賺錢。

後來，阿發真的替陳朝寶老師在北京的中國美術館開了「風雲再起」畫展，在大陸文化部的支持下非常成功，這本畫冊就是二〇〇七年中國美術館的刊物，他們採用了陳朝寶老師的畫為封面，購藏了兩幅老師的畫，引起非常大的迴響。

阿發說：「我就是因為看不慣藝文界有那麼多文化流氓和文化販子，所以，才決定轉當藝術策展人，協助並培植更多的藝術家。」

演講結束，全場熱烈鼓掌，台上的阿發意氣風發，台下的立廣百感交集，二〇〇七年就是他最低潮、最痛苦的日子，心蘭車禍身亡。

過了幾天，阿發拎了一盒水果，對照手機的地址，來到陳藍青的家，玉芳出來開門，阿發表明自己是他先生的朋友張阿發，聽說她身體不太好，所以來探望。阿發面前放了一杯熱茶，他環伺一下四周，環境十分簡單樸素。

玉芳很疑惑問阿發：「你是我先生以前的同事？我先生已經走了快十年，你怎麼會知道我生病了？」

「是這樣的，我當年蒙受吳董的恩情，念念不忘，想要回報，終於透過關係好不容易才找到藍青，這才知道妳們家發生的事情，所以今天特地登門拜訪，想看看董娘你的身體好些了沒？還需要我幫甚麼忙？」

玉芳越聽越糊塗：「藍青是我的女兒沒錯，但你說蒙受吳董恩情，是甚麼意思？」

阿發說十多年前他在起重機工廠上班，受到隔壁機電公司吳董的照顧，甚至有救命之恩，讓他感念在心。之後吳董帶他去大陸發展，創業成功，雖然吳董已經不在了，但他還是想要回報，所以，請董娘安心養病，他一定會無償替她支付醫藥費的。玉芳越聽越迷糊，問阿發：

「張先生，我死去的丈夫確實在起重機工廠上班，但我不知道你要找的吳董是誰？」

阿發很詫異，細細詢問之下才確定藍青的父親不是吳育仁而是陳阿生，大家都叫他阿生或是生伯，他在立達起重機工程行上班。

阿發訝異萬分，立刻知道自己被孫偉耍了！但仍不動聲色，故作鎮定。馬上改口，其實他要找的是生伯，因為他以前很照顧他，算是他的師父，請大嫂安心養病，至於醫藥費您不用擔心。此時玉芳心知肚明藍青說謊。

藍青到家，打開燈，赫然見到玉芳手拿藤條坐在客廳等她回家。一看到藍青進門，玉芳喝令她跪下！藍青不明所以，但還是跪下，問她做錯了甚麼？

玉芳說了張阿發來家中拜訪的事，質問藍青是不是知道這位張先生要尋恩，所以故意騙他，謊稱自己是吳董的女兒？藍青心中一驚，低著頭不敢說話，玉芳大怒，拿出藤條，一邊氣哭地罵藍青：

「妳已經沒有父親了，就應該更加乖巧懂事，怎能假冒身分去騙錢？從小到大，我的教導都白費了！」藍青不閃躲，任由玉芳打罵，她哭著說：

「媽，對不起！我知道我錯了，求妳不要再生氣，要打我要罵我都可以，但是我擔心妳的身體會承受不住。我已經沒有爸爸了，不能再沒有媽媽！」

玉芳丟下藤條哭著抱住藍青，她知道藍青所作所為都是為了替她治病，但人品最重要，如果是為了治病去騙錢，她寧願不要活下去。

藍青哭著認錯，向媽媽保證一定會去道歉，以後再也不敢騙人，日後賺錢也一定會歸還張叔叔，母女抱頭痛哭。

隔日，藍青站在阿發的面前，認錯道歉，藍青坦言自己是阿生的女兒，因為父親病逝，保留父親的工作服當紀念，也經常穿上工作，所以才造成他的誤會，她一定會設法把醫藥費還給阿發。阿發看到藍青來找他認錯，非常欣慰，其實昨天聽她母親所說的，心裡當下很驚訝，但知道她病重需要大筆的醫藥費，所以當場沒有說破，沒想到還是被她看出來了！

藍青說自她爸爸病逝之後，由媽媽一手帶大，非常辛苦，所以很希望能治好她母親的病，但實在無能力支付醫藥費，才出此下策，藍青一直祈求阿發的原諒。其實阿發本來就認識生伯，他請藍青放心，媽媽的醫藥費不用擔心。藍青非常感動，答應等她畢業後，有能力會慢慢償還。

實作

JTA團隊在教室裡開會討論。

于恕首先問大家：「MF比賽的第二關主題是「耀動時尚」，要設計並實作出一套兼具時尚與生活機能的服裝，把先前設計好的logo設計在衣服上，大家看看有甚麼想法。」

專長做造型以及服裝裁剪，心思比一般男孩更體貼細膩的嚴浩說：「成立官網讓大家討論，難道評審不會參考這些言論而評分嗎？」

柳柳：「創作是創作，「MF」強調不影響評審的評分，他們成立官網應該只是想炒熱話題，畢竟這是國際矚目的賽事，應該有很多網友想留言討論。」個性孤僻，獨來獨往的雨芯：「這年頭都是網路言論帶領風向，我認為大家還是要小心一點，盡量不要有負面消息出現，以免惹來麻煩。」

大夥兒正熱烈討論中，家長會會長孫偉進來宣佈，學校現在面臨經費不足的問題，所以，這次的「MF」扶青服裝設計比賽，除了報名費之外，校方沒有任何經費補助，換言之，JTA將自行負擔比賽所有費用。

團隊們聽了非常傻眼，學校要他們參加比賽，還要他們自己花錢買材料？團隊是一群窮學生，哪來的錢？

孫偉說他只是轉達學校的意思，其他的就自行設法解決吧！說完掉頭就離開。

藍青耿直的個性義憤填膺：「這是甚麼學校？鼓勵學生參加比賽，然後就甚麼都不管了！」

為了賺錢才勉為其難加入團隊的雨芯不滿的說：「學校一定是認為獎金我們五人均分，校方沒好處，才要我們自己買材料。」

「我看根本是學校對我們沒信心，只是拿經費不足當藉口，越是這樣，我們越是要努力做給他們看。」藍青女漢子本色上身，感染大家都露出不服輸的表情。

于恕團隊大家怨聲連連，到學生餐廳坐著討論對策。嚴浩提議既然校方都已經說得那麼明白了，求人不如求己，不如大家自掏腰包湊錢，自力救濟買材料。于恕說自己是隊長，率先響應，從皮夾裡掏出唯一的一張千元大鈔，放在桌上；藍青也把這個月的零用錢捐出來，拿出身上僅剩的五百元；嚴浩從身上掏出了錢包，把裡面的錢全部倒出來，共有一千二百卌元；柳柳考慮了一下，從錢包裡拿四百元，還有兩個五十元銅板，這是她這個星期的早餐錢，全捐出來了！雨芯沒有任何動作，四個人盯著她，她才勉強從錢包裡拿出一百元，看大家不放過，又忍痛從皮夾裡掏出兩百元來放桌上。這是她這個月的車錢，真的沒辦法再多捐了！

于恕要大家量力而為，不要勉強，感謝各位解囊相助，藍青算一下總共三千五百三十元。

此時立廣過來，學校已經通知他不補助 JTA 的事了，大家不要擔心，不夠的費用全部由他負擔。于恕和團隊們驚訝又感激，立廣說老師雖然不富有，但這些錢還可以負擔，大家就安心參加比賽吧！

大家紛紛進行實作，藍青把胚樣套在半身人檯身上，柳柳幫忙調整，繞著模特兒一圈確認，覺得差不多！嚴浩喊收工！雨芯迅速收拾好書包準備離開，此時于恕進來走近人台一看，隨即搖搖頭說不行，低聲的說亂七八糟，怎麼會覺得這東西夠好了，覺得這樣就能去比賽了？說著動手把整個胚樣全部拆掉，一邊拆一邊罵，打版打得亂七八糟，裁剪更是不知道在剪甚麼？完全看不出線條，根本像一塊抹布。

藍青等人被于恕的歇斯底里嚇到了，眾人的興致瞬間被澆息，也覺得于恕很怪異，甚至反彈不高興起來。

嚴浩：「于恕你要是真覺得不好，那至少要告訴我們哪裡要改吧，我知道你是隊長，這次的比賽給你很大的壓力，但就算是這樣，你也不應該用這樣的態度。」

于恕說話一向直白不討喜：「那請你告訴我，我要用甚麼態度對你們？第二關的比賽馬上就要到了，你們的水準就只是這樣嗎？邊說邊拿起眾人正在做的衣物批判一番，雨芯打的版會不會太瞎？這樣後面要怎麼做？嚴浩的剪裁根本像小學生剪紙一樣；柳柳的平車接縫根本不能看；還有藍青收邊收得比狗啃得還糟，口不擇言當下把眾人批評得體無完膚，」然後將衣服重重丟在地上，嘴裡喃喃說著：「JTA乾脆直接認輸，不要浪費時間參賽了！」于恕一番話當下引發眾怒。

嚴浩覺得于恕太過分了，有點冒火：「你行你上，不幹了！」柳柳也被說得滿肚子氣，喊著她也要退出！雨芯說她是為了錢做事沒錯，但沒有卑賤到要被這樣罵。三人都放下手上的針線活憤而離開教室。藍青正要開口勸于恕，于恕把藍青也趕走，大家都退出了，妳還留在這裡幹嘛？還不快走？走啊…藍青含著眼淚離開，默默地關上教室的門。

學生餐廳裡，柳柳、嚴浩和雨芯同坐一桌，邊吃邊聊。于恕真的太過分了！以為自己是隊長就可以對他們大呼小叫，早知道當初就不要加入。雨芯說第一次有人批評她打版，氣死了！他怎能這樣出口傷人，柳柳附和著，是啊！心情不好也不能拿大家出氣。

夜暮低垂，于恕獨自留在教室裡，用顫抖無力的雙手，慢慢打版、剪裁著服裝，手上的剪刀不小心剪到自己，流出血來，于恕隨便抽起旁邊的一張衛生紙，拿出透明膠帶捆一下傷口，繼續慢慢地左手扶右手剪裁。

此時，藍青不放心，她直覺于恕像浩克一樣情緒爆發，好端端地突然變得那麼憤怒，一定有甚麼不對，她回到教室看看，卻在窗外看到了這一幕。于恕專心投入於工作中，絲毫沒有察覺藍青在窗外看得清清楚楚，藍青看到于恕遲緩的動作，驚訝他怎會變得如此？終於，她明白為什麼這段時間沒有看到于恕畫圖，一個被稱為「神之手」的箇中高手，居然無法使用自己的雙手，這何等殘忍？藍青驚訝、不忍又心痛。

藍青把于恕的狀況告訴了立廣，立廣找于恕談談，立廣說：

「于恕，比賽注重團隊合作，老師知道你習慣單打獨鬥，一定有很多不適應的地方，其實你的隊員們都知道你就是「神之手」，你應該拿出大將之風，好好帶領他們才對。」

「我知道，但是過去的陰影一直纏繞著我、惡夢也不定期出現，就像一張無形的網，把我困住，我的雙手也因此無力動彈、甚至無法拿起剪刀針線。我好想知道，究竟是誰害死了我的爸媽？我好想問那個兇手，我爸媽沒有對不起他，他憑甚麼要毀掉我們家？毀掉我的人生？」

立廣心裡又難過又懷有歉意，他強壓心中翻攪的情緒，知道此時不宜說出真相，他跟于恕說，老師知道他的壓力很大，但是現在已經要進入第二關的賽程，藍青她們都希望你能繼續堅持下去，畢竟你是隊長，他們還是需要你來帶領。相信總有一天，你會知道你想要的答案。于恕深吸一口氣，平復情緒。

于恕把布料和大頭針穿在半身人台身上工作著，忽然，門打開，藍青和嚴浩、柳柳、雨芯一起進來。大家分工合作，有的說那天剪的衣袖部分好像還要再改；有的在討論選哪一種釦子較適合，于恕見大家進來，心裡又驚又喜，眾人都裝成沒事的樣子，照樣工作，柳柳接過于恕手上的大頭針，讓我來吧！于恕很感動，他轉過頭看到藍青，知道是藍青把成員叫回來的，他對藍青點點頭，表達感激，轉過身繼續挑選配件。

于恕拿出一杯飲料給藍青，藍青開玩笑，一杯飲料就想收買喔！于恕說不喝拉倒，他還特別加了珍珠，說著插下吸管作勢要喝，藍青立刻搶過來大喝一口。

「好！我接受你的道歉和感謝。」于恕鬆了口氣。

「欸！但要原諒你沒那麼簡單，你從實招來，為什麼手會變成那樣？你記得那天跟我說的嗎？如果你有什麼想說的——」

「好，我會和妳講，也會傳訊息、打電話，如果有什麼想不開，就算用飛鴿傳書也會告訴陳藍青小姐。」聽到于恕這麼說，藍青滿意的笑著喝飲料。

成品完成後，嚴浩把一個行李箱的拉鍊拉上，明天比賽的衣服和飾品全部都放在這只行李箱裡，交代柳柳要小心保管！柳柳說今晚箱子先放在教室裡，明天她再來帶去會場，藍青叮嚀大家千萬不要遲到，因為到了會場，還有很多工作要做。

隔天是第二關比賽日，雨芯說她心裡有幾句話想說，這次和隊長于恕合作，學到了很多技巧，她真心感謝于恕，謝謝。嚴浩接著說，真的不愧是「神之手」，改過的版型和重選的布料，的確令人驚艷，自己要學的地方很多。

于恕被誇得很不好意思，他對大家說之前的事情，是他情緒處理不好，很感謝大家的包容，也謝謝大家願意跟他一起打明天這場仗，他有信心一定會贏。說完，大家互相擁抱，團隊團結的氣氛熱烈。

孫寶和路人甲在學校餐廳遇到同班同學柳柳等人，端著餐盤想過去同擠一桌，卻被拒絕，嚴浩說明明大家是同班同學，卻還去幫外人；雨芯說還是保持距離以策安全，等比賽結束後再說。兩人氣呼呼地回到工作室，把在學校吃飯，被 JTA 隊的同班同學排擠，還被冷言冷語的事說出來討拍。

思思：「比賽歸比賽，實在不應該影響同學之間的情誼，難怪你們兩人那麼生氣。不過我倒能理解，明明就是比較親近的人卻跑去幫外人的感覺。」

孫寶：「我越想越生氣，JTA 第一關贏了我們，就跩得用鼻孔在看我們，態度囂張，太可惡了！乾脆我趁著晚上去教室把他們的設計圖偷過來，這樣就知道他們的底牌了！」

「孫寶，拜託你別跟他們計較了！這樣吵來吵去真的很無聊。」思思也認同曉東看法：

「是啊！我們努力在第二關贏過他們，就是最好的方法。」

孫寶還氣噗噗的喊著：「不行！我還是很生氣，我要報仇！」

到了比賽前一天，曉東等人已經做收尾工作。思思在整理比賽要穿的服飾，和路人甲核對要帶著物品。「上衣、長褲、別針…，對了！應該多帶幾款漂亮的別針和項鍊，說不定可以派上用場。」孫寶：「我來拿，前幾天我特地選了好幾款配件，可以畫龍點睛，讓這套服裝更出色。」

曉東跟Yuki說：「直播部分就麻煩妳了。」Yuki胸有成竹：

「我已經準備好了，請你放心。」

路人甲：「第一關雖然是JTA拔得頭籌，但明天的第二關比賽，我們不僅要翻轉潮流，更要翻轉成績，起碼拼個一比一。」

「第二關是實作衣服，評審一定會針對設計和做工更加要求，我們的做工精緻，所以我很有信心！」曉東面露自信神情的說！

孫寶聽完曉東的話，立即接話：「我覺得現在大家一定要去大吃一頓，補充體力，明天好全面應戰，」曉東笑著說：「好！請大家去吃牛排，希望大家像牛一樣有衝勁。」孫寶高興的催促大家動作快一點，他已經餓扁了！

對決

到了「MF」扶青設計比賽現場，照例擠滿人潮，電視新聞記者與網紅紛紛到場，Linda也向幾位時尚界的貴賓打招呼，幾家電視台記者迎上去訪問她。

「請問Linda總監，今天的第二關比賽，妳看好DBG還是JTA？」

「這兩隊實力都非常堅強、各有特色，都是在伯仲之間，我相信評審們一定很傷腦筋，不知道該如何評分。」

記者問Linda，「MF」這次為什麼從海選到現在，就只選出兩組戰隊來捉對廝殺？

「「MF」相信好的設計，在諸多作品中就能一眼看到，儘管這次報名者超過三百件，但是我們從中只選出兩件來參賽，證明瞭「MF」眼光精準。」

會場後台，DBG團隊曉東和路人甲忙著把衣服套在半人的模特兒身上，Yuki開始直播：

「嗨！各位朋友，我是Yuki，我現在在MF扶青設計大賽的比賽現場後台，我們來看一下，哇！DBG戰隊非常認真在準備喔…」思思拿出一個別針想別上去。孫寶請思思看看配這只別針適合嗎？思思看了一下，問還有沒有別的？孫寶放下別針忙著找配件。曉東問路人甲，有沒有帶熨斗出來？上衣有點皺，需要燙平一下，路人甲拿出熨斗立即處理。眾人都忙碌著。

JTA隊于恕也在後台另一邊忙碌著。嚴浩把人台搬來，于恕幫忙固定支架。

當柳柳把行李箱打開，拿出衣服時，尖叫一聲，發現大家辛苦完成的比賽服裝，居然被破壞，袖子、領口、腰部都被劃破。眾人頓時傻眼，不知該如何是好？圍過去看著衣服。柳柳快要急哭了，「我⋯我不知道，早上我從學校把這只行李箱提來會場，一打開來就變成這樣了⋯怎麼辦？」馬上就要上場比賽了。

于恕拿起衣服細看，這一看就知道是有人故意破壞的。他強壓混亂的心情，想辦法解決問題。他叫藍青趕快幫他拿剪刀和針線來，比賽快要開始了，其他人先到前面的選手區去，他來想辦法。于恕拿起被剪破的衣服，開始動腦該怎麼修補，眾人擔心，仍不肯到前台去。

嚴浩問于恕：「你真的可以嗎？需不需要我們留在後台幫忙？」

于恕回說，他和藍青留在後台就好，比賽快要開始，JTA團隊必須有人坐在選手區，「記住！要表現出臨危不亂的樣子。」嚴浩和柳柳不放心地看了一眼，還是隨著雨芯到前台去，于恕指導藍青該怎麼補救。

比賽即將開始，立廣和柳柳、嚴浩、雨芯走到現場，三人愁眉苦臉，立廣問後台準備得怎麼樣了？嚴浩哭喪著臉說我們的比賽服裝被破壞了！立廣吃驚，怎麼會發生這種事？嚴浩說，于恕和藍青在後台搶救，于恕要我們先到前台。

此時工作人員過來，比賽馬上要開始了，請他們到選手區坐定囉！立廣叫大家趕快過去，老師在觀眾區看比賽，嚴浩、雨芯和柳柳到選手區坐定；另一邊，曉東、思思、孫寶、路人甲坐在另一邊選手區，顯得氣定神閒。

音樂響起，主持人 Linda 手持麥克風走上台。

「各位朋友大家好，我是 MF 設計總監 Linda，今天是第二關的比賽，在這個階段的競賽裡，DBG 和 JTA 必須把第一關的 logo 設計，轉印在衣服上，並且實作出來，換句話說，這兩隊將各搬出半身人型模特兒穿上作品，一決勝負。」

現場觀眾屏息以待，嚴浩與柳柳、雨芯互望，露出焦急的神情，立廣在台下也坐立不安。

「首先，我們請 JTA 戰隊出場，同時介紹他們的作品。」

現場響起熱烈掌聲，但台上卻毫無動靜，台下的曉東團隊不禁私下議論，觀眾們也奇怪發生甚麼事？立廣和柳柳等人也不禁擔憂起來。Linda 再一次宣佈請 JTA 戰隊出場。

「我們請 JTA 戰隊出場，同時介紹他們的作品。台上依然毫無動靜。」

柳柳低聲地說到底于恕在後台幹甚麼？怎麼還不上台？嚴浩擔憂是不是放棄了？雨芯想會不會又出問題了？

曉東團隊也開始竊竊私語：孫寶：JTA 發生了甚麼事？怎麼還不上台？

曉東：「奇怪？為什麼于恕和藍青都不在位子上？」

路人甲：「我今天來的時候，還有看到于恕他們全隊啊！」

現場一陣討論聲音，Linda 拿起麥克風講話。

「請大家安靜，根據大會規定，比賽時間如果唱名三次沒有上臺展示作品，就視同棄權論，現在，我第三次請 JTA 團隊上台。」台上仍無動靜，正當 Linda 拿起麥克風要宣佈 JTA 棄權時，終於藍青領著工作人員，把模特兒搬上來。

藍青接過麥克風：「先謝謝各位評審、各位朋友，抱歉讓大家久等了！因為臨時碰到一個緊急問題，所以現在才能上台展示作品。」當藍青掀開模特兒身上的比賽服時，全場鼓掌。

曉東團隊都投以讚賞的眼光。

立廣和嚴浩等隊員，都大吃一驚，立廣露出替于恕高興的表情，果然他沒有看錯于恕。

「謝謝大家！「愚公移山圖」是徐悲鴻大師的作品，我們翻轉成「向偉大者致敬」的 logo 之後，加入了許多名人的人像，然後設計在街舞的潮服上，這樣的設計，不僅具有時代意義，更融合了現代年輕人的喜好，布料則選擇聚酯纖維、棉，以複合材質製作，方便大家活動，相信能獲得大家的讚賞。」藍青說完，退下，全場報以熱烈的掌聲。

接下來，請 DBG 戰隊上台展示作品。

工作人員把 DBG 的人台模特兒搬上台，Yuki 掀開布幔，全場掌聲熱烈。

「謝謝：陳朝寶大師的「英雄美人圖」眾所皆知，我們翻轉他畫裡楊貴妃與唐玄宗的圖像，融合在這件多功能的衣服上，服飾上的傳統紋樣和機能性布料的完美結合，利用唐代胡服輕薄、有層次的特性，打造適合運動也能自信出門的運動時尚風格，希望大家喜歡。」台下響起熱烈掌聲，Yuki 退場。

Linda 請評審上台：我們現在請評審們上台細查車工、布料和細節之後，請打分數，同時休息一下。評審們紛紛上臺檢視兩隊的作品，在手上的硬夾紙上寫下分數。

于恕和藍青走出來，柳柳和嚴浩、雨芯、立廣也迎過去，柳柳說剛才嚇死了！以為我們要放棄了！嚴浩佩服的跟于恕說：「你真的是神之手，太厲害了！」

立廣關心現在到底是怎麼回事？他只知道衣服被人破壞，然後呢？

柳柳把大致情形描述一下，大家在後台發現衣服破了之後，于恕要了剪刀和針線，只留下藍青幫他，然後把我們全部趕到前台來，沒想到，于恕居然拿著剪壞的潮服再改造，比原來的設計更炫。

藍青說她也差點以為趕不出來，幸好在最後一刻，還是完成比賽。

于恕：「臨時趕工，現場不可能車縫，幸好有藍青幫忙，才能把作品搬上台，起碼不影響我們繼續參賽的資格。」

現場的記者報導：今天的「MF」扶青設計大賽戰況非常激烈，DBG和JTA端出了實作的作品，不僅發揮創意，更展現了時尚界未來接棒人的實力。據記者了解，剛才JTA在後台發現比賽服被破壞，仍臨危不亂在最後一刻完成比賽，使得戰況更加緊張，究竟哪一隊會勇奪第一，請大家拭目以待，不要走開，我們馬上回來。

Linda拿著信封在台上準備宣布第二關獲勝名單：「我現在要公布「MF」扶青設計大賽第二關「耀動時尚」的優勝者。Linda打開信封宣讀：恭喜DBG！」

現場觀眾驚呼，熱烈鼓掌。曉東等全組歡欣不已。于恕隊伍難掩洩氣和失落神情。

Linda：「我們現在請評審莫妮卡老師評論。」

莫妮卡：「兩隊的表現都非常優秀，JTA的街舞潮服很有層次，剪裁和線條很出色，非常有青春活潑感；DBG運用大量的中國風元素，提升了作品的深度與特色，用料多元做工精緻，除了是件漂亮的舞衣，還是件運動機能服，所以，第二關的比賽由DBG勝出。」

Linda：「謝謝莫妮卡老師，我在這裡宣布第三關總決賽的賽制，也就是請兩隊從今天的作品中，再延伸服裝運用。第三關比賽當天評分方式是，網路直播觀看次數以及點讚分享占總評分的百分之五十，評審評分也占百分之五十，至於比賽的方式，將會在官網上公布。」

于恕等人對於第二關敗給 DBG，大感不滿。

嚴浩：「太過分了！到底是誰偷偷摸摸破壞我們的比賽服裝，害我們輸掉這關的比賽？我們一定要把這個凶手揪出來。」

藍青：「會闖進縫紉教室的人，應該對學校很熟悉，否則不會趁著半夜進來。」

柳柳：「這其中一定有貓膩，我猜，兇手很有可能是路人甲或是孫寶，只有他倆的嫌疑最大。」說是懷疑，表情卻煽動著大家。

雨芯：「沒錯！根據大家的推斷，一、兇手對學校的環境應該很熟悉。二、兇手知道第二關比賽的時間。三、兇手不希望我們勝出。從這三點來推斷，就可以判斷出兇手的身分。」

嚴浩：「以我們對路人甲的了解，他應該沒這個膽子，所以，兇手應該就是……」除了于恕眾人異口同聲說一定是孫寶！柳柳認為也有可能是兩人同時犯案。

于恕：「不管是誰幹的，我已經請王老師幫忙向校方報告這件事了！看看能不能查出是誰搞破壞。」于恕身為隊長，儘量安撫團隊。

嚴浩：「找王老師？算了吧！你沒看到他無關痛癢的樣子，還不如我們直接到校長室報告還快一點。」

于恕：「既然已經請王老師處理，我們就先交給他，大家應該把重點放在第三關比賽上，想一想MF會用要求我們以甚麼方式呈現服裝作品。」

于恕團隊在校園裡從縫紉教室出來，孫寶與路人甲也正好迎面走過來。

柳柳：「ㄟ，你們看，兇手出現了！」

嚴浩一個箭步擋在孫寶和路人甲面前：「孫寶、路人甲，你們怎麼可以破壞我們戰隊要比賽的衣服？」手握緊拳頭質問道。

雨芯：「你們太過分了！」

孫寶和路人甲聽得一頭霧水，知道被錯怪。

路人甲：「關羽千里送嫂嫂，沒有就是沒有！」

藍青：「不是你，那就是孫寶，孫寶，你說，兇手是不是你？」

孫寶：「當然不是，我孫寶不可能犯這種低級錯誤。」

于恕：「你們敢做就要敢當！」

孫寶：「我指燈發誓，不是我，燈滅我滅！」

嚴浩：「除了你們兩個，還會有誰做這種事？」

路人甲：「都過七月了，還在抓交替，老套了，我看是輸不起。」

嚴浩：「有種你再說一遍。」

路人甲：「輸不起，輸不起，輸不起！很重要說三遍！」嚴浩一個拳頭就揮上去，兩人大打出手，孫寶和于恕本來勸架拉不開，無奈也加入戰局，藍青和柳柳、雨芯尖叫。藍青企圖把他們拉開，但四人打得方酣，根本拉不開。

此時立廣和孫偉帶著校警跑來，校警吹哨子。立廣喊著：住手！住手！

孫偉：「你們在幹甚麼！居然敢在校園滋事鬥毆！通通給我住手！」

孫偉和立廣把眾人拉開，才止住這場校園打架風波。會議室裡正在針對于恕等打架事件開評議會。孫偉激動地說：

「各位老師，于恕團隊已經違反了學校禁止聚眾鬥毆的規定，這些學生應該全部記大過退學，在校園裡公然打架像話嗎？」立廣：

「孫會長，孫寶也打架，他是不是也應該要退學？」

孫偉：「你給我閉嘴，孫寶被打得鼻青臉腫，是受害人，于恕這幫人，應該全部退學。」

校長：「孫會長，現在MF的比賽已經要進入第三關了，于恕團隊代表學校參賽，已經有很優秀的表現，我們「雅禮學院」也開始受到肯定，如果他們被退學，學校勢必受到很大的影響，能不能讓這些孩子好好比賽，奪得冠軍，也算功過相抵。」

孫偉：「校長，你這不是包庇他們嗎？如果不讓他們退學，萬一以後我兒子又被欺負怎麼辦？」

校長：「孫會長，你已經訓斥過他們了，我相信這些學生也知道事情的嚴重性，王老師，你身為于恕團隊的指導老師，我希望你要嚴加管教，如果再發生群毆事件，我馬上開除你。」立廣低頭不語。

孫偉：「不行！我不能這樣就算，校長，你今天一定要給我交代？」校長左右為難。

校長：「這樣好了！孫會長，我請在場的老師們決議要學生退學？抑或留校察看，給他們將功贖罪的機會？各位老師，贊成于恕團隊全部退學的請舉手。」

在場有幾位老師舉手。

校長：「反對讓于恕團隊退學的老師請舉手。在場也有幾位老師舉手。」

校長：「票數相同，那麼，就以我這一票來做決定。既然比賽已經進入第三關了，這些學生們也算功過相抵，就暫且留校察看吧！」

孫偉還想抗辯。校長說學校需要這些孩子們。孫偉氣得甩門離開。

網戰

社群網路的時代，無的放矢蜚短流長的惡意攻訐，網路爆料、黑函攻擊等不當行為，都可能影響輿論及品牌形象導致比賽結果受影響，你我全都置身在這個時代，無法逃避，置之不理，你需要妥善處理。

JTA 隊正在開會檢討第二關落敗的原因，于恕說 DBG 隊在第二關的作品確實出人意表，機能舞衣的確多功能，所以第三關我們在設計潮服運用上一定要發揮巧思，一定要有更好的表現。這時雨芯發現網路上有人討論 DBG 隊孫寶故意破壞 JTA 隊比賽衣服的事，大家覺得真是大快人心，總算網民們替他們出了一口氣。此時，嚴浩的手機簡訊收到一則訊息，驚呼一聲。蛤？真的假的？怎麼會發生這種事？

嚴浩看向藍青，藍青不知所以，網路上說藍青為了騙錢，假冒老闆千金，現在謾罵聲一片。他們說的是真的嗎？大家都看向藍青，藍青勇敢點頭承認。

「是真的！我為了替我媽治病，所以謊稱是千金，但對方已原諒我，並同意繼續資助我媽的醫藥費，現在已經沒事了！只是知道這件事的人很少，我不知道是誰傳出去的。」

一向是團隊賢慧的管家婆，柳柳總是維護團隊的和諧，她擔憂的說：「這畢竟不是甚麼好事，會不會影響我們團隊的形象？」

于恕：「嗯，這其中必有貓膩，但既然已經發酵，外界罵聲越來越多，就表示我們要舉行直播說明會，藍青，妳願意出面說明嗎？」藍青個性磊落直率：「個人做事個人擔，我不希望影響團隊，所以我願意出面說明。」

曉東團隊很高興終於打贏了第二關，思思說現在是一比一的局面，所以第三關一定要更努力，才能得到冠軍。路人甲說今天比賽的時候，聽說 JTA 出了狀況，不知道他們比賽的服裝被誰破壞了，幸好在後台于恕和藍青及時搶救，否則根本上不了台。曉東說難怪他們拖到最後一刻，才把比賽服裝拿到台上。路人甲好奇誰會這樣做？孫寶幸災樂禍的說管他是誰，看好戲就行了！正在討論時，路人甲驚見網友留言。

「各位，剛剛官網上有人踢爆孫寶惡意破壞 JTA 的比賽服裝，害她們在第二關中敗北。」

孫寶搶過來看，氣壞了！「那件事根本不是我幹的，這些吃瓜群眾搞不清楚狀況，胡亂造謠批評，我一定要找于恕那票人算帳，要他們說清楚。」

「孫寶，你先別激動，上次你們在學校打架的事件鬧得沸沸揚揚，于恕他們也差點被退學，所以，我認為這些留言不見得是于恕團隊散播的消息。」曉東理性分析。

孫寶：「那我也不能無緣無故繼續被冤枉啊！」

思思：「雖然網友在官網留言，不影響評分，但為了戰隊的名譽和士氣著想，我認為我們還是要透過直播公開說明。曉東點頭贊同。」

曉東戰隊開啟直播，所有隊員全部上陣。

各位朋友，我是 DBG 隊長張曉東，我擔保自己的隊員不可能去破壞 JTA 比賽的服裝，我很遺憾這種錯誤的傷人謠言，會在網路上被大量傳播討論，在真相還沒有挖出之前，請大家不要胡亂揣測或謾罵。

另這一邊于恕戰隊也開啟直播，所有隊員全部上陣。

大家好，我是 JTA 隊長于恕，我帶領團員舉行說明會，是希望有關我們隊員藍青的假冒千金的事情，並不像大家所想的那樣，裡面根本藏有洋蔥。請大家相信，藍青是一位非常善良的女孩，她會這樣做，是有原因的，也請吃瓜群眾不要妄加揣測。

孫寶站起來，義憤填膺：

我是孫寶，我發誓我真的沒有去破壞 JTA 的戰服，如果我說謊，那我以後絕對吃不到自己此生最愛的薯條和漢堡。我不知道為什麼在沒有任何證據的情況下，居然有那麼多人指證是我幹的，我要強調，我孫寶是清白的。

藍青站起來勇敢面對一切。

我是陳藍青，我承認自己確實假冒老闆千金，欺騙了一位願意無條件借我錢的長輩，但那是因為母親罹癌，需要一筆龐大的醫藥費，我實在沒有能力負擔，才會出此下策。我很感謝那位長輩原諒我，並且願意繼續資助我媽媽，等以後有能力，我一定會把醫藥費還給長輩。

孫寶：**我要再次聲明，我們反對網路霸凌，請大家在沒有任何證據的情況下，不要再繼續散布謠言，因為三人成虎，有太多人捕風捉影，才會造成傷害，我們呼籲大家不要再繼續下去！**

藍青：**我承認我做錯了！真的很抱歉，請大家原諒我，給我一個改過自新的機會。我這樣說，並不是代表欺騙無罪，就是因為我知道要承擔錯誤，才公開說明，希望大家不要像我一樣，畢竟不見得每個人都能像我一樣幸運，能碰到這位不計較的善心長輩。**

直播結束後，JTA隊紛紛看一下網友的反應。

雨芯：「網路上罵得好兇、好難聽，怎麼辦？」

嚴浩：「事情越演越烈，不開直播說明不行、開了直播被罵得更兇，這些酸民真的很煩。」

藍青難過不已，于恕推著藍青到外面，安慰她，網民這些反應都很正常，過一陣子就好了！建議她這幾天先不要看留言，以免影響自己的心情。

藍青：「就算不看，還是會一直想吧？我是做錯了，但我不是壞人呀，他們講成這樣，好像我就是一個很糟糕的人，好像我這輩子都完蛋了……」

于恕：「妳是多好的人，不是真正認識妳的人才會知道嗎？妳說過的，妳不能停下來，我們說好要抓住這個比賽，妳的人生要過下去。既然妳已經道歉反省，也獲得了當事人的原諒，那麼那些流言蜚語就不要去聽，那不是妳。」藍青點點頭，吸了幾次鼻子，于恕笨拙地拍了拍藍青的頭。

陳藍青在直播裡認錯，沒有得到正面反應，網路全都是罵她的留言，甚麼亂七八糟的用詞都寫出來了！有個法克謝就留言說藍青就是騙子，還有人寫藍青從頭到尾就在胡說八道……

于恕說夠了，大家不要再看了，藍青心情已經很不好，不要再說這些了！

嚴浩：「每個人都有做錯的時候，藍青都已經公開道歉了，難道要她以死謝罪嗎？況且藍青的事跟這些酸民一點關係都沒有，他們只會出那張嘴，別理會這些無聊的留言。」

柳柳：「可是這些言論害得我們 JTA 全隊名聲嚴重受損，這一句那一句，這下根本不用比賽，我們輸定了！」

雨芯：「是啊！一人一張嘴，連別系的同學都來問我藍青的事，害我覺得好丟臉！」

藍青難過不已：「我是害群之馬，才會惹出這麼多事情來，真的很對不起大家，我想，我就退出JTA，這樣才不會影響團隊的名譽。藍青說完就哭著跑出去。」

于恕口中罵著法克謝那個王八蛋追出去，法克謝正在網咖上PTT，時不時露出奸笑，于恕闖入網咖搜索了一下看到法克謝就衝上去，「你給我出來」，法克謝用挑釁的語氣調侃于恕：

「神之手又怎樣，這麼有空趕快去騙錢阿，他也好想找個乾爹。」于恕滿肚子火罵到你這個王八蛋，在講甚麼鬼東西。」法克謝回：「現在是怎樣？藍青是你誰啊？關你屁事？」于恕說：「陳藍青是我很重要的人」法克謝嘲諷的說原來是共犯。那我趕快來再發一篇，于恕氣到一拳打在法克謝臉上，兩人扭打起來，網咖有人報警。

立廣到派出所把于恕保了出來，藍青走了過來說幹嘛那麼衝動！

立廣說找個咖啡廳坐，立廣急著開導于恕，你怎麼還是那麼衝動？和那種人計較甚麼？你已經出過多少事了？

于恕：「老師，我知道我打人不對，但這不是計不計較的問題，那種人就是欺善怕惡，如果讓他繼續欺負藍青，不知還會講出甚麼難聽的話來。」

立廣勸說著：「要反抗、要澄清，都不要動手打人呀！今天你打了法克謝，明天還會有第二個法克謝，網路上那麼多碎嘴的人，你打得完嗎？社會上是講法則的，現在麻煩上身了，還好對方願意和解。」

于恕：「老師，藍青要離開團隊，她走了，我們 JTA 就散了…好不容易建立起團隊默契，有了共識，雖然第二關輸了，但大家更有向心力…」

立廣：「你能注意到藍青的重要性，當然很好，但是…」

于恕：「我是沒有爸媽的野孩子，是藍青幫我找回了生活的樣貌，我已經習慣有她的生活了，我不能讓她獨自面對這種骯髒事。」藍青端著飲料回來，聽到最後一句話。

藍青：「于恕，說實在你能為我這樣挺身而出，但我喜歡有思想的文青，而不是只會用拳頭的莽夫。」

于恕：「抱歉，是我太衝動，但，你可不可以不要離開？我保證這種事不會再發生。」

藍青說咖啡都涼了，喝點吧！她想靜一靜，讓她想個幾天，就先離開去上班。

JTA 團隊在縫紉教室忙著，嚴浩坐在電腦前修圖，于恕在一旁指導，柳柳和雨芯在一堆布料前選料。

于恕：「你這裡要以腰部為細處，肘關節和腰部重合為測點，然後水平測量一周，潮 T 必須與工作服結合才符合向偉大者致敬的精神，對對，再過來一點。」

嚴浩：「于恕，你這也太要求了吧？還不如手繪快一點。」

于恕：「我一直都不喜歡電腦繪圖，因為手繪的草稿更有溫度，可現在我的手還沒恢復，只能麻煩你了！」嚴浩繼續修著圖，他問于恕，這袖子是不是要加長？于恕盯著螢幕想了一下，忍不住喊藍青過來看一下！但眾人一陣沉默，才想起藍青已經退團。于恕看了一下說衣袖就再長一點看看。

柳柳和雨芯面前堆了許多布料，兩人為了選黃色好還是藍色好商議半天，遲遲做不出決定，左右為難。她們想到要是藍青在就好了，她對色彩最敏感，一眼就知道該選哪個顏色。

嚴浩冷冷地說：「妳們把藍青趕走了，這下好了，大家都不知道該怎麼辦了吧！」柳柳回她又不是故意的。雨芯也覺得藍青不在，真的很不方便，大家公推于恕趕緊把藍青叫回來！

DBG 隊直播結束，線上有很多人觀看！孫寶認為透過剛才的直播，應該可以證明他的清白了！的確，那些酸民已經沒再多說甚麼了，而且還有不少人幫孫寶講話，替他打抱不平。孫寶很開心終於沉冤得雪了！他看到 JTA 剛才也在做直播，蛤？太扯了吧！陳藍青居然假冒千金去騙醫藥費？

思思：「我看到了，陳藍青公開出來道歉，網友把她罵得狗血淋頭。」

曉東正想著藍青和爸爸的事情很隱私，怎麼會在網路上傳得人盡皆知，到底是誰傳出去的？該不會？眾人看曉東發呆，不知曉東在想甚麼？

曉東特別回到家找母親丹丹，跟她抱怨父親為了尋找恩人吳董，結果傷害了藍青，現在網路上鬧得沸沸揚揚，曉東把藍青的個性為人以及家境一股腦都跟母親說，丹丹聽到藍青的乖巧心生憐愛，她也認識她父親生伯，以前就常聽阿發講起，丹丹覺得這其中一定有貓膩，她叫曉東先別上火，晚上會跟阿發好好問問，曉東也顧不得丹丹問他想吃什要去煮，就急匆匆的要去找藍青，丹丹看著曉東的背影，笑著搖了搖頭。

阿發回到家，丹丹跟他說曉東為藍青真假千金的事被網路霸凌，很擔心藍青，阿發覺得萬般皆因他而起，他也很頭痛，看到曉東伸出友誼之手，覺得他懂事了。丹丹提議不如約藍青和她媽媽到家裡坐坐。

這日，藍青與玉芳應邀來到阿發家，丹丹熱情招呼入內，藍青遞上一盒水果禮盒，丹丹看到藍青直誇大姑娘真是漂亮。阿發一見面就先跟玉芳說抱歉，造成她們的困擾，玉芳則說這命是阿發的援助，不然也不可能坐在這，丹丹熱情的留她們晚上嚐嚐她做的東北菜，玉芳就跟丹丹一起到廚房有說有笑的一起下廚。藍青和阿發在客廳聊著，阿發跟藍青說，遇到困難選擇離開不是解決的辦法，他拿出一份檔案跟藍青說起一段故事：

「二OO三年我在吳江時，賣了設備給用戶，萬萬沒想到遭人舉報造假，天車又不是食品怎麼會造假。後來又發黑函，說我無證生產，讓我流失很多訂單，在台商圈惡意攻擊，最後我向吳江馬市長陳情，在市領導協助下取得製造許可證，才解決這場經營的災難」

藍青拿起檔案黑函仔細翻閱，真得很惡劣，沒想到大陸人這麼可怕，阿發說：

「不是大陸人，是台灣人同行，老鄉見老鄉，背後開一槍，這才可怕。」

藍青：「謝謝叔叔，我明白了，遇到事情勇於面對，再大的坎坷都要想辦法度過。」

聊著聊著，丹丹喊著上菜了，先過來吃唄，藍青看到玉芳難得一掃陰霾開心的笑容，連忙向丹丹道謝，丹丹看著藍青，打從心裡喜愛，玉芳感動的說：

「沒想到丹丹手藝這麼好，我已經好幾年沒有吃這麼豐富了！」阿發跟丹丹說：

「你不知道藍青除了上學以外為了照顧媽媽打了三份工呢！」玉芳憐惜的看著藍青說這孩子這幾年吃了不少苦。

丹丹：「藍青妳很孝順，咱倆特別有緣，我那女兒老在北京，妳要有空常來看我，這樣吧，我認妳當乾女兒！」藍青看著玉芳，玉芳微微點頭，丹丹給藍青夾菜，藍青說，謝謝阿姨！丹丹不依，說該改口了，藍青甜叫著乾媽，阿發說今天特高興，這高粱酒是以前生伯最愛喝的，今天，咱們喝點！

阿發追根究底的個性，一向會把事情善後做得細膩圓融，他打電話給孫偉，問藍青被網路霸凌，是不是他幹的？他放的消息？孫偉否認，說他敢作敢當，沒有的事不要賴給他，阿發說道：「你惹出的好事，自己去收拾，聲明稿現在發給你。」MF的總監Linda來電請示阿發，藍青的事情是否在官網上簡單聲明，發佈時間就在孫會長之後？

不多久，孫偉在網上發出新聞稿：

各位網友，大家好，我是雅禮學院家長會長孫偉，關於本校學生陳藍青個人私事，造成廣大討論，經向張先生求實，取得當事人聲明如下：「**各位網友，陳藍青雖不是我恩人的女兒，但是藍青就像我們家的女兒；她的爸爸生伯是我的貴人，我當學徒時，是生伯手把手教會我如何安裝天車，這份領進門之情，現在我有能力了，生嫂病了，理所當然我應該盡一份力，這與「真假千金」無關。聲明人張阿發**」

約莫五分鐘後，MF官網上出現一段新聞稿：「近日關於網路上流言，與本品牌比賽無關，請各界莫加揣測，如有不實假消息，將追溯法律責任。」Linda回傳訊息給阿發「OK」了。

于恕看到會長出來講話，趕緊通知團隊趕快看，阿發也通知曉東，曉東跟思思說真相快出來了，此時思思心驚膽顫。

阿發聲明稿發出之後，立廣把藍青叫到辦公室來，懇談一番，勸她回JTA。

「妳是個很勇敢的女生，願意為自己負責，公開道歉自己說謊，很不容易。藍青，老師也曾經做錯過很多事，但是我當我願意原諒自己的時候，發現原來事情是有轉圜餘地的，我不希望妳拿這個錯誤當成逃避的藉口，希望妳能回隊上努力拿冠軍，將功贖罪。」立廣繼續說：

「于恕的狀況妳很清楚，他需要妳的協助，如果妳離開，會影響到整個團隊的作戰力，我看，妳就歸隊吧！」藍青終於點頭，願意歸隊。

曉東和思思一起喝下午茶，思思說這個周末的直播她已經安排好了，選在東區人潮比較多的街頭，這樣可以吸引更多人來支持、關注DBG，因為這次比賽我們只能贏不能輸。曉東說其實自己不喜歡比賽，因為比賽有輸有贏，成者為王敗者為寇，贏了固然高興，但是輸的話呢？曉東知道思思向來好勝心很強，但他不懂為什麼她會有那麼大的壓力？

「曉東，你不是我，你不能明白當你無法掌控自己的未來時，會有多麼恐懼和無力。所以，這次我一定要拿冠軍，讓我爸他們看得起我，才會支持我日後創立服裝設計公司的夢想。」

曉東回想起和思思二人在家裡客廳，一起聽到爸爸說藍青並不是吳董女兒時的情景，這麼隱私的事怎會傳出去？當時阿發這樣跟他們說：

「藍青雖不是吳董女兒，但她父親生伯也是我進入天車產業時，非常重要的師父，教了我很多事情，當初吳董也是和生伯一起救了我一命，我希望你們還是和藍青當朋友，不要因為這件事和她產生嫌隙。這孩子也很辛苦。」

曉東也答應阿發，請他不必擔心。

曉東向思思求證，藍青冒充吳董女兒的事，是不是她散布出去的？知道這件事的人並不多。思思直接承認，沒錯，是她找的網軍。曉東明顯不悅，為什麼要這樣對藍青？思思理直氣壯的回答，說謊本來就不應該，陳藍青理所當然要為自己的錯誤承擔責任。

曉東氣憤的說：「我鄭重告訴妳，如果 DBG 因為此事而得到冠軍，那麼，我張曉東寧願從來沒有參加過這場比賽！說完掉頭就離開。」思思受到曉東的責怪，心裡很難過。孫寶見狀，知道思思一定是和曉東吵架了，關切的問思思。

「嗯，我認為陳藍青說謊，應該得到教訓，所以找網軍發布這個消息，沒想到曉東覺得我為了比賽得冠軍，用這種方法太過份，兩人就吵了一架。」

孫寶：「妳看不出來嗎？曉東對陳藍青的印象很好，還送她髮夾，而且這次比賽受到各界關注，萬一被有心人士挑撥，會變得更複雜，難怪曉東會發脾氣。」思思還是堅持這只是比賽裡的手段，JTA 不也黑化我們？

孫寶：「比賽就是比賽，不是私人感情，妳這樣是把兩件事混在一起了。這個事妳還是去跟曉東道歉比較好。」

思思：「我居然要為陳藍青跟曉東道歉嗎？」

孫寶：「不是為了藍青，是為了妳和曉東，也為了 DBG。思思，事情錯了就是錯了，藍青能勇敢道歉，妳也可以。要是為了這件事和曉東不合，不是得不償失嗎？DBG 的 D 都和 B 吵架了，我們比賽還比嗎？」

別看孫寶平常只在乎吃，做人謹守的道理與正義感，讓思思都聽進去了，只是拉不下臉。

孫寶：「思思，我知道妳喜歡曉東，偏偏他就像一塊木頭無知無覺。妳不要放棄追求自己所愛，只要不放棄，妳也會得到幸福，但妳要知道，這個幸福也許是曉東，也許不是曉東。」

思思：「真的嗎？唉我還是愛服裝設計好了，至少有回報。」

孫寶：「妳要這樣想也不錯呀！心情不好就應該好好吃一頓，我來點外送，」孫寶立刻拿手機出來點餐，思思受到鼓勵，心情好很多。

思思和曉東坐在公園長椅上，思思遞給曉東一杯咖啡，杯子上寫著sorry。思思向曉東道歉，不應該將張叔叔和陳藍青的私事傳出去，故意害她被網暴，是她太在意陳藍青了。曉東希望思思不要再故意針對陳藍青，思思也保證，以後大家公平競爭，不耍手段。兩人放下心裡芥蒂，共飲一杯咖啡，畢竟相處那麼久了，思思對他的喜好瞭若指掌，知道他都是喝紅茶拿鐵換燕麥奶再加兩份espresso。

JTA隊第二關一直風波不斷狀況連連，先是出賽前一刻在後台發現比賽服被惡意破壞，經于恕當場修補解救才勉強順利出賽；賽後藍青又飽受「真假千金」網路霸凌的惡評延燒；現在又被網民雷神檢舉JTA的比賽服抄襲英國潮牌。

于恕團隊開直播解釋抄襲之說，首先由柳柳開場，說明在第二關比賽時，JTA團隊在後台發現比賽服被破壞，多虧隊長于恕和隊員藍青及時補救，才能順利出賽，這種情況下怎麼可能抄襲英國潮牌？簡直是無稽之談。接著由藍青出示英國潮服總公司的聲明，

各位網友，我們團隊已經向那家英國潮牌總公司查證，確定那家公司沒有出過這款的潮T，英國潮牌公司也發了聲明，證實我們JTA並無抄襲之嫌，網友雷神貼出的那張原圖，是電腦合成，換句話說，從頭到尾，都是雷神在汙衊我們。

于恕最後做結論，希望雷神能公開道歉，要指控最好拿出真憑實據來，否則就請校方提出訴訟，謝謝大家支持。

直播結束後，所有人立即檢視網友的反應，網友看了直播都一致聲援JTA隊，把雷神給罵翻了！經過今天的公審，雷神應該不敢再胡說八道了！

柳柳和嚴浩都很感謝藍青幫忙，才解決了這件事，可是去哪裡找來的英國總公司聲明？也太強了吧！那份聲明是真的還是假的？藍青回答那份英國潮牌公司的聲明絕對如假包換，是透過朋友幫忙，輾轉找到英國總公司，請對方幫忙澄清，如此而已。

雨芯很好奇，是哪位朋友那麼夠力？居然真的找上了英國潮牌總公司？怎樣？是男是女？這種程度應該要以身相許來報答了吧？藍青說對方很低調，要求不要公開他的身分。于恕有些吃醋的說，現在是把大家當外人喔？那麼重要的事都不說一下！藍青笑而不答。

于恕繼續追問真的不能透露一下？藍青說要不然帶你去見他。

藍青帶著于恕約曉東在文青咖啡店內碰面，三人各點了一杯咖啡。

于恕驚呀，原來是曉東！

藍青：「曉東，我代表我們隊向你致上謝意，謝謝你私下出手相救，幫助我們 JTA 順利度過危機。」激動誠懇的看著曉東。

于恕：「這種道謝的事怎麼能妳來代表、妳來接洽？當然是我這個隊長來啊！」

曉東：「舉手之勞不要客氣，我在英國聖羅蘭潮流與藝術學院讀書時的一位學長，正好在那家潮 T 擔任要職，住校時我們同寢室，情同兄弟，所以我找他幫忙，他查明你們確實沒有抄襲後，就馬上發表聲明。」

藍青：「找你之前其實我也猶豫了很久，畢竟我們兩隊目前處於競爭的狀態，找你好像很尷尬。但我實在想不出解套的辦法，只好向你求救，沒想到你立刻答應，立馬解決問題！」

于恕：「嗯，謝謝你。」發自內心的感激。

曉東：「雖然 DBG 和 JTA 是比賽對手，但只要是對的事，我非常樂意幫忙——更何況，是妳的事。」于恕聽到這句話瞪大眼睛，藍青也很納悶。

曉東：「我是說，經過之前的事，我們不也是特別有交情了嗎？我爸也有叮囑我說，你父親當年很照顧他，要我也多照顧妳。」

藍青：「那，我就以這杯咖啡代酒敬你，謝謝你。」

曉東和藍青相視一笑，于恕有點吃味惡狠狠地瞪了曉東一眼。

本性

阿發對孫偉這個從年輕就在一起的朋友，在道義上一直照顧他，從脫離八大行業後，拉著他一起奮鬥，孫偉雖然油腔滑舌，喜好小賭，但口風還蠻緊的，對阿發態度非常恭敬，平常會幫他處理一些私人事情。但阿發對孫偉近日的行為越想越不妥也很不悅，接連幾件事，孫偉居然敢把腦筋動到他頭上來，叫陳藍青假冒吳董千金來騙他，還在「MF」扶青設計大賽動手腳，這遲早會出事，他用嚴厲的口吻叫孫偉立刻到辦公室見他。

孫偉面對阿發，見阿發臉色鐵青，不知何事？阿發大怒，拍桌子罵孫偉，哪裡借來的膽子？居然敢叫陳藍青假冒吳董千金來騙他，他警告過孫偉很多次，叫他不要幹骯髒事，不但屢勸不聽，還敢動腦筋到他頭上來！

孫偉裝成一臉無辜樣，說：

「你說要找吳董，我託人調查到戶籍地址，到場發現查無此人，其他就毫無所獲。是你叫我去找陳藍青的啊！你說曾經見過她穿上廠裡的工作服，也問過她，她只說是自己父親留下來的，但甚麼印象都沒有，叫我再調查一下，看能不能從中問到吳董的下落。正好藍青的媽媽急需大筆醫藥費，你又向來為善最樂，我才促成了這樁好事。反正陳藍青的父親生伯也照顧過你，既然找不到吳董，舉手之勞幫朋友的妻女也很好啊！」

阿發：「就算要幫生伯的家人，你也應該老實告訴我，怎能教陳藍青說謊？」

孫偉強辯這是善意的謊言，萬一說實話，他不肯幫陳藍青怎麼辦？

還有孫偉，你怎麼可以做小動作影響賽情？這樣即使贏得比賽也是不公平，學生打架，校方自然會做處理，也不需要去搞王立廣。孫偉替自己辯解所有出發點都是在為阿發好，曉東和孫寶他們組成的 DBG 最大強敵就是 JTA，既然于恕他們公然在學校打架，當然要設法讓于恕那群學生退賽，這樣才能確保 DBG 得到冠軍。

孫偉大言不慚的說：你難道不希望曉東和孫寶拿到第一名嗎？還有那個王立廣，我就是看他不順眼，校長今天警告他，如果他不管好學生，就要叫他滾蛋。

阿發火氣上來，數落孫偉賊性不改，老是做一些骯髒事來對付立廣？還有，所有的比賽都有輸有贏，必須公平競爭，怎能使出手段影響結果？孫偉覺得冤，辯解自己都是出自一番好意，反而遭到阿發一陣臭罵，真是好心沒好報。

阿發對孫偉說了重話：你的本性再不改，早晚會出事，立廣只想在學校混一口飯吃，把他趕盡殺絕，對你一點好處都沒有，你不要再拿幫我當藉口了，我不領情。

孫偉覺得很嘔，他一直挺阿發，還替阿發出氣，沒想到反而還被罵了一頓，他心裡積壓了一股怨氣。阿發非常憤怒，叫孫偉滾出去，不想再看到他，孫偉感到極度不爽的說出去就出去，怎麼做都不對，真是好心沒好報。

孫寶無意間聽到孫偉和校長通電話，孫偉得知校長留任王立廣，很不爽的說王立廣就是一個沒擔當的、遇事龜縮的混混，校長居然還慰留他，一點判斷能力都沒有，以後學校有事別來求他，他懶得管了！孫偉說完，重重掛斷電話。

孫寶跟他爸說幹嘛這樣對王老師？孫偉說因為王立廣是JTA的靠山，有他在會影響到DBG戰隊成績，孫偉希望孫寶只能贏不能輸，當然要設法把他除掉。

孫寶：「那，爸，JTA的比賽服裝是不是你破壞的？」

孫偉：「是又怎樣？不是又怎樣？」臉上非常不屑的回答。

孫寶氣結：「我就猜到是你，果然是真的！這麼多年來你惡習不改，媽媽忍無可忍堅持和你離婚，帶著兩個姊姊搬離台北，我們一個好好的家被你搞得四分五裂，你怎麼就是不知悔改？」孫寶痛哭流淚萬般無奈又極度委屈的指責父親。

孫偉：「是我不知悔改還是你不知好歹，孫寶，你要知道，我所做的一切都是為了你。」

孫寶：「你不要拿我當藉口，我真的很生氣也很失望，我怎麼會有你這樣的爸爸！」

孫寶憤憤打開大門出去，氣得向大家爆料。

路人甲：「哇塞，這也太猛了吧！孫寶，你爸爸居然敢去破壞JTA的比賽服，我看你趕快跟你爸脫離父子關係吧！」思思沒有想到孫叔叔會做出這樣的事，害自己的兒子被冤枉。

孫寶：「幸好事情都過去了，我雖然不認同他的行為，可畢竟他還是我爸爸，請大家原諒他。」語弱的求情著⋯⋯

曉東覺得孫寶很善良也很有正義感，雖然太關注美食，但這件事完全受到他爸爸的牽連，所以不需要自責，只是孫偉的行事作風一直很有爭議，這樣做確實對兩邊比賽方都不好。

阿發在辦公室找資料，抽出公文，忽然掉出一封信，這是二〇〇七年時羅心蘭寄給他的信，但阿發一直沒有打開來看。信的開頭：心蘭說十多年不見了⋯⋯

聽說你回來台灣發展。還記得年輕時你、立廣、我一起在冰菓室、快炒店談笑夢想，無奈立廣在包商的引誘下沈迷聲色場所，也因為簽單，害得你手被打斷，從此不相往來⋯⋯立廣一直很自責，所以我們一直關心你的發展，一九九六年你前往廣州創業，在惠台政策下有了一番成就，如今已經做到無塵室起重機業界第一，二年多前，你遇到工人罷工。

立廣知道你碰到工人罷工的問題後，私下調度工人替你解決危機，讓你工程如期完成，這些都並未讓你知情，因為當初立廣犯下錯誤，對你很是虧欠，只能暗中彌補。

現今的立廣，公司經營不善，負債累累，每天借酒澆愁，我已懷胎七月，無能為力，只能求助於你，請求你幫助立廣、鼓勵他重新振作，虧欠你之處，有機會一定彌補你，謝謝！心蘭敬上。

看完信，阿發才恍然大悟，當年工廠到處缺工，包工頭很現實，明明合約簽的是工程驗收後結款，包工頭卻以不先結工程款為由把所有工人帶走，已經過了三天，還等不到工人的影子，工期延遲一天要罰一百六十萬，阿發只好打電話向生伯求援，生伯後來想辦法調到人了，趕緊調過去廠裡幫忙，阿發謝謝生伯，生伯說不用謝他，要謝那個借人調過來的老闆。原來當初幫他的就是立廣啊！

立廣出手幫忙，解決了人手不足的問題，順利趕上完工日期，讓中佑機械公司成為日本神內會社台灣銷售冠軍，阿發從傳統的天車升降機工程，做到無塵室專用天車，還連任了中華起重機具升降協會理事，是台灣業界的奇蹟，神內社長神內權三郎特地從日本來台，頒發感謝狀和獎勵金給阿發。

看完信之後，阿發豁然開朗，把積怨多年的結一下子解開了，他約了立廣在咖啡店見面，他要想辦法鼓勵立廣讓他重新振作起來。

阿發：「立廣，我知道心蘭的死對你打擊很大，但是，能不能拜託你振作起來，你的夢想呢？你的才華呢？都死到哪裡去了？難道你下半生都要這樣自我放逐過日子？」

立廣：「我的夢想和才華，都早就隨著事業失敗、心蘭死亡煙消雲散了！努力有什麼用、期待有什麼用？到最後還不都是一場空。」

阿發很生氣立廣把全部都怪罪到心蘭的死上面，阿發苦口婆心勸說立廣，心蘭的人生已經沒有以後了，但活下來的人要好好珍惜，不應該如此頹喪糜爛！立廣此時對阿發說對不起他、更對不起心蘭，他的人生已經沒有任何意義，叫阿發不要再勸他了！

阿發說：「我吃飽沒事幹是不是？王立廣你要怎樣做賤自己我不管，但我不能讓心蘭最後的請求落空。」十多年前心蘭去世前，曾經寫了封信給我，當時我因為工作忙，所以沒有拆開來看。一直到前幾天，這封信從我的資料夾裡掉落出來，我才看了。我知道當初是你暗中幫助我度過難關，那時候的你不是知錯能改嗎？怎麼到現在，又變成一團爛泥？

立廣訝異心蘭居然會寫信給阿發，阿發語氣稍緩的說：「這也是心蘭寫給他唯一的一封信，她很擔心立廣，希望阿發能伸出援手。」阿發將信拿給立廣，立廣接過信看著，激動不已，不禁淚流滿面。

阿發嚴肅地說：「老天早早地帶走心蘭，或許就是要留下你好好贖罪、反省，結果你還是這樣，在天上的心蘭會怎麼想？你死後有臉去見她嗎？不要再讓你身邊的人變得不幸了，王立廣！」直視著立廣大聲喝斥！

立廣流著淚，握著阿發的手，答應從今往後，會連著心蘭和孩子的那份，一起好好過下去，他承諾會帶好學生，找回自己的理想，當個堂堂正正的人，重新振作。

隔日，立廣重整旗鼓，恢復昔日那個瀟灑，時尚的文青，整個人煥然一新，抬頭挺胸走在校園裡。

新世代覺知力

社群網路時代，無的放矢的惡意攻訐

無法逃避置之不理，需要妥善處理

第7章　舞藝風采

練舞

第三關題目是—舞藝風采
為考驗出選手的實力，賽制特別提高門檻，挑戰難度更高，
除了要把第二關的服飾再衍生系列作品外，
還要透過舞蹈藝術的動感，呈現出比賽服裝的特色。
參賽戰隊以舞蹈方式呈現比賽服裝，由評審團評分，佔總分數的百分之五十
線上觀看次數流量也佔總分數的百分之五十

第三關決賽競爭非常激烈，除了比服裝造型；還要比舞蹈才藝；更要比直播流量、市場接受度，兩隊都繃緊神經火力全開的進行準備。

曉東為首的 DBG 隊，服裝的東方風格適合古典舞蹈表現，決定由從小學舞的 Yuki 擔綱，以唐代盛行的胡旋舞應戰；于恕領軍的 JTA 隊，潮 T 適合以融合肢體動作舞蹈的街舞表現，但全隊缺乏舞藝人才也沒經費請專業舞者，嚴浩的朋友在中山捷運地下街教街舞，在大家公推下由藍青去惡補，于恕自願陪練，藍青肢體不協調沒有運動舞蹈細胞，大家只能等待奇蹟。

第三關比賽不僅要以舞蹈展現設計的比賽服裝，還要爭取線上觀看人數、獲得評審青睞，這到底要怎麼呈現才能出眾啊？

孫寶憂心忡忡，Yuki 倒是覺得這次是服裝設計大賽的應用，不是舞蹈比賽，所以，要先把整套服裝的概念構思清楚之後，才能確定要表演甚麼舞蹈，畢竟主客要分清楚；路人甲很認同 Yuki 的見解，她是 DBG 隊內定的模特兒，多才多藝，她一定知道該如何展現。

曉東：「東方風格的潮牌這幾年在紐約時裝周大放異彩，我們的比賽服裝主要以東方風格為主，應該可以加一些現代時尚的設計元素，來個中西合璧，傳統又不失現代，但是，要以甚麼舞蹈來展現我們的作品呢？」

路人甲：「我們的比賽服裝不太適合跳現代舞，所以要以古典舞蹈來發想。」

思思問 Yuki 會不會跳古典舞，Yuki 說自己從小到大都是舞蹈生，大學主修中國舞蹈，從小爸爸送她到日本留學，接觸了不同的文化，她曾經為了畢業公演練過胡旋舞，胡旋舞應該很適合這次的比賽。她簡單示範了幾個舞步，解釋胡旋舞是唐代盛行的舞蹈，經西域傳入中原，是中亞一帶的民間舞，有很多旋轉的動作，胡旋舞不好跳，眾人看了 Yuki 幾個動作，就知道她真的學過舞蹈，DBG 隊就決定請 Yuki 跳胡旋舞！思思拿著皮尺幫 Yuki 量身，路人甲一邊手記下來，下午茶時間一到，曉東提著從咖啡店買回來的兩大紙袋進來，又是飲料又是各種口味的法式點心，招呼大家享用。

曉東認為 DBG 原本的比賽服裝就很有東方特色，如果再添加一些特別的設計進去，相信一定會奪得冠軍，思思心思縝密，她會提醒團隊下星期以前內部就要趕緊定案，安排團隊排程和打理曉東生活瑣事，似乎已成為思思的習慣。她似乎有些感觸，突然跟曉東說發現他倆在一起時，話題永遠都圍繞在課業與工作上打轉，很少聊到私事。曉東一愣？不是跟他們全家都很熟，現在組隊參賽更是朝夕相處，有甚麼私事好說的？曉東一向把思思視為 buddy，思思解釋說她的意思是指他們兩個人之間…曉東接話說：「我們兩個就是不可缺少的搭檔，未來一定是工作夥伴，就像家人一樣，放心，我一定會照顧妳的。」思思聽了覺得還想說些甚麼，但欲言又止。曉東則有意無意閃躲這個話題，他站起身來邊走邊說：聽說這家店的蛋糕超好吃，我去看看，順便挑選幾樣來嘗嘗味道。

曉東開車送思思回到家門口，思思不太想下車，她將手放在門把上，卻沒有開門。曉東察覺思思神情有異，曉東問她一整天心情都好像很沮喪，怎麼回事？思思淡淡一笑，表示沒甚麼，可能是比賽的壓力太大了吧！曉東回應這場比賽盡力而為就好，別把壓力攬在自己身上，思思總感覺和曉東心的距離越來越遙遠。

Yuki為了比賽展演舞蹈表現，特地去空中韻律教室上課，配合老師的口令，吊在半空中做瑜珈，忽然一個不小心，Yuki從半空中整個人摔落地上，她和其他學生都驚呼一聲，老師和幾位學員趕緊落地圍過來，Yuki整個右腳踝嚴重扭傷，老師和同學連忙扶起Yuki，同學帶她到醫院檢查。

隔日Yuki拄著枴杖到工作室，告訴團隊我們要有運動家的精神不管傷勢如何，她一定會完成這次的任務，請大家放心，傷勢看起來有點嚴重，但Yuki堅持還要到舞蹈教室去練習，眾人不放心，陪著她一起去。

Yuki擺出準備的姿勢，胡旋舞音樂響起，Yuki跳了幾下，立刻摔在地上，眾人緊張，路人甲立刻衝上前，扶起Yuki，勸她還是先停止練舞，這樣下去腳傷會更嚴重，Yuki推開路人甲，說她我不會這麼簡單就被打倒，咬緊牙關又繼續練跳，反反覆覆的練著，但還是不支摔在地上。大家全部圍上去關心，曉東叫Yuki今天先不要練，請路人甲送她回家休息，思思也說還是休息要緊，比賽的事就再說吧，Yuki懊惱的說對不起，讓大家擔心了，但仍信誓旦旦的保證比賽當天她一定會上臺演出。

思思：「看樣子Yuki傷得不輕，人家說傷筋動骨一百天，恐怕要花時間休養，這樣一來她勢必無法參加第三關比賽，要不現在就叫Yuki退出，趕快另外找人替代。」

曉東：「我反對，Yuki 為我們戰隊付出不少，這次為了比拚第三關，她積極排舞練舞，除非她自己主動開口，我們怎能在這時候逼她退團？」

孫寶：「是啊！Yuki 堅持要練舞、保證比賽當天一定上臺的精神，就夠令人感動了，怎麼能放棄她？思思，我們要相信 Yuki。」語帶堅定的說著。

思思雖不以為然，但也無奈。曉東和思思、孫寶三人討論著如果 Yuki 真的不能登場的備案，孫寶毛遂自薦當替代人選，他號稱是最靈活的胖子，很會跳舞。曉東說開直播時跳一下可以，但比賽是正式嚴肅的場合，不能搞笑，孫寶還是很有自信的說上次他們直播時，他表演跳舞的那一段節目，結果觀看次數和按讚留言的網友很多，千萬不要小看他，他的人氣指數很高。

幸好經過幾天休息，Yuki 的腳已經消腫了，她也恢復舞蹈教室的練習。

JTA 隊于恕說這次設計的潮服很適合跳街舞，要推派一個人上臺去跳，柳柳和雨芯都推辭說有上臺恐慌症，不要說跳舞了，只要一上臺就會呼吸困難，在大家公推下，藍青只好硬著頭皮接下這個重責大任，答應去練舞，離比賽只剩十天的時間了，嚴浩有朋友專門在中山捷運地下街教街舞，連絡好就叫藍青趕快過去學跳街舞，于恕則自願陪她練習。

假日的中山捷運站地下街，聚集不少年輕人跳街舞。于恕在旁邊看著藍青練習，不是同手同腳就是跳錯舞步，他也一步步模仿，兩個人半斤八兩。老師放著音樂，特地指導藍青，其他學生都整齊地跳著，只有藍青完全跟不上，依舊同手同腳…于恕搖搖頭，快看不下去了！

藍青累癱坐在地上，拿起水瓶喝了一大口，她說快撐不下去了！再這樣下去，恐怕會耽誤比賽，于恕說沒有耽誤不耽誤，JTA隊只有妳了，快起來，要自立自強！

柳柳和嚴浩、雨芯談論著比賽事宜，比賽服裝已經做得差不多了，這次她一定把所有的服裝配件全部帶回家，片刻不離身，這樣才不會舊事重演。雨芯說第三關的比賽確實很特殊，要大家以舞蹈來展現比賽服裝，這樣難度高很多。藍青這幾天都向打工的餐廳請假，幾乎都在練舞，希望她能不負眾望，讓我們一起拿下冠軍。

連續幾日藍青都在中山捷運站地下街跟著老師學跳舞，雖然還是狀況百出，但藍青保握學習機會私毫不肯休息，時間緊迫，她希望比賽當天能有最好的表現。老師看藍青這麼有心，私下特別指點：

「跳到這裡要記得舞步，對！手和腳抬高一點，跳舞別沒的，就是要多多練習，妳那麼有心要學跳街舞，老師也很願意教妳。」

告白

有一天藍青接到嚴浩電話，說要開緊急會議，藍青匆匆趕到學校縫紉教室，但是教室一片漆黑，空無一人。藍青心想，大概是她來遲了，躲在一旁的于恕和嚴浩、柳柳、雨芯捧著蛋糕出來，唱著生日快樂歌，祝藍青生日快樂，藍青很驚喜，她都忘了今天是她的生日，于恕說是嚴浩告訴大家的，因為藍青晚上還要去餐廳打工，只好選現在給她一個驚喜，替她慶生，藍青覺得自己好幸福。大家起鬨叫藍青快吹蠟燭許願，藍青閉上眼睛許願：第一個願望是媽媽身體早日康復、第二個願望是JTA戰隊獲勝，第三個是⋯

柳柳即忙阻擋，等等，第三個願望可以不必說出來。藍青說我太感動了一定要說出來，那就是大家友誼永存。

藍青吹熄蠟燭，大家鼓掌開心切蛋糕分享，「隊長，我切大塊一點的蛋糕給你。」藍青端了一塊蛋糕給于恕，冷不防于恕把奶油抹在藍青鼻子上，五人笑鬧著玩起抹奶油遊戲，大家笑著、鬧著，臉上充滿了青春的歡笑，因為比賽的磨合和相處，革命感情已深深烙在她們心田裡。

于恕和藍青走在校園，藍青謝謝于恕，她今天收到了很多的祝福，真的很開心。雖然團隊經歷不少風風雨雨，但相信以後這些都是很棒的回憶。兩人聊著比賽結束之後，也要準備畢業了，所以很珍惜大家在一起的時光。于恕問藍青還記不記得上次玩密室逃脫遊戲，寄放在她那裡的小卡片。藍青說記得啊，不是請她妥善保存嗎？于恕要她今晚回家後，把卡片打開來看，說完藍青就先趕去餐廳打工了！

餐廳打烊，藍青和幾個同事從大門出來，互道再見。在旁邊等很久的曉東，把跑車開過來。

藍青很驚訝曉東這麼晚了怎麼會來找她？曉東說無意間知道今天是她的生日，所以特地來幫她慶生，請她上車，然後載她來到一處秘密花園，四周一片漆黑，曉東叫藍青先站著不要動，忽然，燈一區一區地打開，整個花園都是燦爛的夜燈，像小星星般閃亮、現場又佈置了許多玫瑰和氣球，既浪漫又美麗。藍青像小女孩般感到新奇，快樂極了！曉東從口袋裡拿出一個精緻的盒子，要送給藍青當生日禮物，藍青接過打開來，裡面赫然是一隻精緻美麗的手錶，很顯然價值不菲。曉東深情的說送她手錶當生日禮物，是想告訴她，每一分每一秒都牽掛著她。藍青受寵若驚，但是這只手錶太名貴，她不敢收，把手錶和盒子交還給曉東。

曉東認為名貴的不是這只手錶，而是他的心意，因為他的真心遠遠超過這只手錶的價值，希望藍青喜歡，說完牽起藍青的手，替藍青戴上手錶，藍青急急想摘下手錶，但被曉東阻止，希望她不要拒絕，對他來說，真的就是一份禮物，如果藍青不收，他會很失望。

藍青回到家放下背包、脫下外套掛好，忽然想起于恕說的密室逃脫遊戲寄放在她那裡的小卡片。藍青從抽屜裡翻出那張卡片，打開來看。

「如果現在是我活著的最後一分鐘，我也想告訴妳：藍青，我喜歡妳。」藍青看完，放下卡片，心裡既掙扎又糾結。

兩個交情深厚、相知相惜的朋友，同時對她告白，于恕的叛逆個性和彼此深厚的革命情感，如何割捨？曉東的恩情和體貼，令她感動又感激，如何拒絕？藍青掙扎、糾結、矛盾、混亂，她不知道該選擇誰？又有誰能告訴她答案？

藍青給玉芳吃藥，然後幫拍鬆枕頭，讓玉芳靠著，玉芳特地幫藍青做了壽麵，慶祝她生日。藍青說都說生日是母難日，應該是她煮麵給媽媽吃才對。玉芳感性的說她們母女相依為命，彼此照顧，就不用分妳我了！

藍青：「媽，我想問妳，愛情究竟是甚麼？」一臉疑惑著。

玉芳：「愛情啊，就是無時無刻妳都會想著他，只要和他在一起，妳就會覺得很幸福、很快樂。」藍青問媽媽，當年為什麼選擇和爸爸結婚？

「年輕的時候有好幾個男生喜歡我，當時妳爸爸最老實憨厚，別人追求我，都是去西餐廳，只有妳爸爸帶我去吃路邊攤，想想，結婚應該選擇腳踏實地的對象，我這才答應嫁給妳爸爸。」

藍青：「那時候那麼多人喜歡妳，妳一定很難選擇。」

「是啊！他們各自有優缺點，條件也都不同，我想了很久，不知道該跟誰交往，後來就問自己：玉芳，妳最喜歡誰？最想跟誰再一起？跟誰在一起最快樂？問到後來，就知道答案了！怎麼了，有人追求我的女兒嗎？」愛情真的是門學問，玉芳要藍青深深的問自己。

「嗯，一個是同校同學于恕；另一個是張叔叔的兒子曉東，我不知道該怎麼辦？唉呦，談戀愛好麻煩！此時，玉芳看到藍青手上名貴的手錶，問這是曉東送妳的生日禮物？藍青點點頭，嗯，他對我很好。」藍青陷入三角習題，兩個男人都好不知該如何選擇？

「有人追求我女兒是好事，表示我女兒長大了！媽相信這兩個年輕人都很優秀，妳才會不知該如何取捨。」玉芳疼惜的看著藍青問道。

藍青：「我真的很難做選擇，他們都是我的好朋友，對我都很好。曉東和于恕兩人都約我明天見面，我還沒想清楚該去哪裡？」

「感情的事情，只有自己最清楚，無論妳選擇誰，媽媽都相信妳。媽媽握住藍青的手說，聽從妳的心，妳的心會告訴妳答案。只要妳一出門，妳的心就會把你帶到妳真正想去的地方，藍青，快去吧！別失去了妳要追求的幸福。」玉芳充滿智慧的話語鼓勵的說道。

藍青打開門踏出第一步時，其實還是有點猶豫，但是她聽從了自己的心，終於確定自己的選擇，這樣的心情起伏轉折，透過她出門從走路到慢跑、再到快跑，以及臉上的表情從輕笑到微笑、再到露出大大的笑容全部表露無遺，她已經確認自己的心意。

隔天，曉東手拿著一束花，準備送給藍青，他看看手錶，已經快十點了，聽見背後有腳步聲，高興地拿起花回過頭，以為是藍青，沒料到卻是思思，思思拿出錶盒，藍青剛才委託她拿過來還給曉東，並轉告他說，她們會是永遠的好朋友。

曉東落寞地放下花束，露出苦澀的笑，一直說他人很好，原來真的要發好人卡啊……思思撿起地上的花束，盯著曉東俊秀的側臉，曉東遲疑的問思思，喜歡這束花嗎？思思苦笑的跟曉東說，你就是這樣總是最後一個才想到我，垃圾我幫你丟了。

你喜歡的人不喜歡你，喜歡你的人你不喜歡，似乎是很正常的一件事，所有男生似乎都會不約而同的產生這樣一個疑問：「到底是我哪裡不好？我做錯了甚麼？她為什麼不喜歡我？」

和解

于恕來到立廣家中，立廣說有些事想告訴他，進到立廣家沒看到他的家人。于恕問老師是一個人住嗎？

立廣淡淡的說：「我沒有家人，牆上掛的照片是我的太太心蘭，十多年前在一個雨夜出車禍死了！」于恕一聽，以為只是巧合。

「十多年前的那晚，為閃避大卡車超車，我閃躲不及，造成了兩個家庭破碎，你失去了父母，我也失去了妻子和即將出生的孩子。」

于恕一時之間沒有意會過來，他完全沒有辦法把肇事的司機和立廣連在一起，他知道立廣極力想把自己從痛苦中救贖出來，對自己視如己出，但是⋯這⋯這究竟是怎麼回事？

「老師，您的意思是⋯」立廣鼓起勇氣坦承。「對！肇事的那輛車是我開的。」

于恕大驚，怎麼可能？他想了千百回，如果自己真的碰上的肇事駕駛，他要用甚麼方式以牙還牙？以命償命？但是萬萬沒有想到，兇手居然是眼前這名男子，是一直疼愛自己、鼓勵自己的老師。于恕一時之間無法接受，如鯁在喉，說不出話來。

「這麼多年來，我一直活在後悔與痛苦中，不知該如何補償你？那晚，我把七歲的你從車裡拖出來的時候，就發誓一定要彌補你。或許是不想面對、也或許是有意逃避，這件事就塵封在我的記憶深處。直到遇見于奶奶，我知道該來的逃不掉，所以和于奶奶協議要照顧你。」

于恕眼裡充滿了淚水，聽立廣繼續說下去。

「我知道你受到心因性影響，只要有壓力就無法正常使用雙手，為了避免耽誤你，我決定把真相告訴你，于恕，我不敢請你原諒我，但我希望你能從傷痛出走出來，因為所有的過錯都是我造成的，不是你。」

于恕慢慢站起身，激動憤怒，爆青筋，「原來⋯兇手是你⋯」于恕走向立廣，一把揪起立廣的衣領，把坐著的立廣拉起來面對自己。此時于恕的心情是複雜的，混合著驚訝、痛苦、難過、傷心，眼眸盛載的不只是哀痛，抑鬱，眼前提攜他的老師，居然是肇事兇手，于恕不敢相信卻又要面對這個殘酷的真相，為什麼⋯為什麼⋯為什麼⋯

于恕和藍青、柳柳、雨芯在教室裡討論著賽事。于恕還在被背叛的痛苦情緒中，臉色陰沈，藍青關心的問：

「怎麼了？」于恕搖頭，現在有點複雜，還沒準備好要說。嚴浩氣急敗壞從外面跑進來，喊著不得了、不得了，有大事發生了。上氣不接下氣的說王老師⋯王老師⋯王立廣老師向學校請辭，今天起就不來了！

藍青：「怎麼會？他那麼挺我們，「MF」的比賽又正要進入最重要的第三關，王老師怎麼會忽然請辭呢？」大家看著于恕，王老師對他最好，一定知道忽然請辭的原因嗎？

于恕也沒料到立廣會請辭，嘴裡喃喃念著我：「我不知道。」

柳柳：「你不知道？嗯，我知道了！一定又是家長會長孫偉搞的鬼，聽說孫偉一直覺得王老師太混了，一點作為都沒有，想逼他請辭，現在終於如願以償了！」

藍青：「可是，我們正在比賽中，是最需要王老師的時候，學校不可能逼他離開啊！」

雨芯：「學校內部也有很多問題，誰曉得校長他們用了甚麼藉口，幸好王老師之前資助我們買材料，還夠用來參加第三關比賽，我們唯一能做的，就是好好表現，讓大家知道王老師離開雅禮學院，是學校最大的損失。」

于恕不語，只有他知道立廣請辭的原因。

于恕躺在床上，直直盯著天花板，手一下一下有節奏地捶打著牆，他喃喃自語的說自己太傻了，立廣才不是他爸，捶打牆壁的手不自覺加快加重，為什麼偏偏是他⋯于恕的手越加急促，最後翻身將臉埋進枕頭裡，蓋上被子，發出沈重的嘶吼。

連著幾天于恕都早出晚歸，奶奶都見不到他的面，奶奶關心的問于恕的服裝設計比賽準備得怎麼樣？奶奶對他深具有信心，因為他遺傳了于家的天分，有一雙巧手和設計的才華，于奶奶相信他們會得第一名的。

「謝謝奶奶的鼓勵，我也很有信心。奶奶，您還記得當年害死爸媽的罪魁禍首嗎？那個人居然是學院裡的老師，叫王立廣，王老師向我承認自己做錯事之後，已提出辭呈離職了！」奶奶訝異王老師離職了？于恕：「奶奶，您也認識王老師？」

「唉！其實王老師之前已經來和我相認與認錯，表示希望能彌補過失，所以奶奶拜託他多多照顧你，他答應了，立刻找你組隊參加比賽，希望重燃起你對服裝設計的熱情。」于奶奶溫暖的說。

「奶奶，您覺得他幾句道歉就能解決恩怨嗎？他害您失去兒子媳婦，害我自幼失去父母的疼愛，害您要靠一針一線養活我，我怎麼可能因為他幾句道歉的話，就原諒他？」于恕無法平息憤怒的說。

奶奶說那晚的車禍，王老師並沒有追撞于恕爸爸開的車，是雙方逆向行車各自撞車。王老師雖是始作俑者，但他也失去妻子和孩子，這些懲罰難道還不夠嗎？奶奶不是不難過，奶奶的心比誰都痛苦，但她不希望為這些不可能挽回的事實傷心下去，甚至讓陰影持續影響自己一輩子。于恕還是很糾結，覺得難道就要這麼輕易地放過肇事者？

奶奶說自從車禍之後，社福單位每個月都會轉帳五千元到奶奶的郵局帳戶，只是一直不知道這個人是誰，社福單位也不肯透露，前陣子，她親自去了社福單位一趟，雖然捐款人要求身分保密，但她已經老邁，不想帶著這個問號進棺材，想親自答謝這位恩士，這輩子才不會有遺憾，所以在百般要求下，社福志工不忍心勉為其難告訴奶奶這位捐款人的姓名叫王立廣。奶奶眼中泛淚耐心的勸說。

「這麼多年來，王老師一直背負著悔恨，默默地彌補我們，卻不讓我們知道。于恕，王老師付出了那麼多歉意，我們該放下了！」于恕默然不語。

于恕呆坐在桌前，面前放著那件旗袍，他把旗袍小心翼翼妥善收起，終於願意把這些過去放下，原諒立廣，也放過了自己。

于恕親自去找立廣，跟他說奶奶已經把一切事情原委都告訴他了！坦白說，那天一聽到立廣就是害死我爸媽的人，他真的很驚訝，一時之間也沒辦法接受。立廣慚愧，低頭不語。

「多少次，我想過如果碰到這個兇手，我該用甚麼方式對付他？以牙還牙？還是以命償命？但是，我怎麼都沒想到，這個兇手居然是你。老師，你知道我有多麼震驚嗎？」

「我從小失去了父母，沒有家庭溫暖，我從來都不知道父愛是甚麼，直到你出現找到了我，我才有一絲絲被父親疼愛的感覺，沒有想到，連這一點點的溫暖，還是被你給摧毀得蕩然無存。」

立廣很羞慚的說「對不起！我是真心想彌補你。」

「原本我完全不想原諒你，繼續折磨你，但是，奶奶告訴我，這麼多年來，你一直匿名資助我們家，就表示你一直背負著悔恨，所以，我們該放下了！我和奶奶商量過了，她要我過來找你，要我向你說⋯謝謝！」于恕打從心裡誠摯的說道。

得到寬恕的立廣淚流滿面，感動不已，于恕與立廣決定放下過去，重新開始。

阿發聽說立廣向「雅禮學院」請辭不幹，特地去找他，問他為什麼，不是答應要振作起來，在學校好好發揮嗎？

「是，我原本是想好好在學校做下去，但是，十多年前在我肇事的那場車禍中，不僅害死了心蘭，我還害死了JTA隊長于恕的父母，讓他們在那場車禍中離世，現在，那孩子知道我是罪魁禍首，我也沒臉再待下去了！」

阿發：「這種巧合確實很尷尬，不過，紙包不住火，事情早晚會曝光，只是在這個時機點，你忽然請辭，反而是錯誤的決定。」

立廣反問：「怎麼會是錯誤？我只有離開，才能表達對那孩子的虧欠。」

「不，你錯了！于恕現在是最需要你的時候，他要帶領戰隊參加 MF 比賽，這個責任和壓力不小，你卻因為虧欠而在這個時候離開他，你認為這樣做對嗎？」阿發質疑的看著立廣問道。

「這件事放在我心裡十多年了，每當面對于恕，我只有滿心的虧欠想彌補，那孩子現在應該也無法接受我當他的指導老師，所以，我還是離開學校，這樣對大家都好。」立廣低頭回應。

阿發跟立廣說：「你知道嗎？當初我到廣州去闖蕩的時候，離鄉背井、隻身在異地打拼，白天找生意，晚上要跟客戶拚酒搏感情。為了省錢，我幾乎餐餐都吃泡麵或盒飯，吃的時候還不忘到處發名片，就是不想放過任何開發業務的機會。」

經過人生波折歷練的兩人互相聊著，立廣從沒想過阿發在廣州創業曾經那麼辛苦，阿發說吃的是如此，住更不用說了！他為了省錢，住在每天只有八十塊錢人民幣的破舊旅館裡，房間又小又舊，床單都起毛球了，牆壁和天花板都斑駁漏水，廁所還是蹲式的，那時候，他只有一個信念就是一定要成功。

校長把王立廣叫到辦公室，打開抽屜，拿出立廣的辭職信退還給他，希望他能留下來。校長說他請辭的消息傳開後，于恕特地來找他，請校長務必慰留立廣，繼續帶領 JTA 往第三關總決賽前進。

「于恕說你是一個好老師，在比賽期間一直支持他們，給他們很多的信心和鼓勵，如果讓你離開學校，戰隊的士氣肯定會大受影響。」校長繼續說：

「我發現你和過去不太一樣，雖然我不知道原因，但是從你外表的改變，到現在帶領這些學生們的積極態度，讓我覺得我沒有找錯人，王老師，學生這麼愛戴你、學校也需要你，你要加油！不要辜負大家的期望喔！」

從一個得過且過自我放逐，習慣逃離的人，第一次感受到被需要被肯定，立廣自我救贖，心裡滿載著感動，收回辭職信，決定繼續帶領學生，完成使命。

決賽

「MF」扶青設計大賽第三關比賽現場，盛況空前。媒體記者與直播主都到了現場，大家競相報導。「記者現在所在的位置是「MF」扶青設計大賽第三關比賽現場，由於今天也是總決賽，會場氣氛非常緊張，已經有很多的媒體都守候在現場了，究竟鹿死誰手，答案即將揭曉……」

咖啡店、街上、餐廳等等，顧客們都紛紛從手機或電腦上觀看這次的比賽；信義計畫區的大型廣告刊版上，正在現場直播這場盛事，不少路人駐足觀看；比賽會場內觀眾席已經坐滿；評審紛紛入座。

藍青坐在後台化妝間，找了造型科系的同學幫她化妝，嚴浩在旁邊指導藍青的髮型與彩妝。

「同學，藍青的腮紅要淡一點，嗯，還有，我覺得頭髮還是自然一點比較好。」

柳柳和雨芯把表演服取出掛好，柳柳說從昨天到現在，比賽服裝一時半刻都沒離開過她身邊，等今天比賽結束，才可以放心！

原本為了賺錢才勉為其難加入團隊，但因逐漸感受到團隊成員的友誼，雨芯感覺有點不捨：

「忙了快三個月，今天終於要揭曉答案了，希望我們的努力沒有白費。」

立廣和于恕從外面進來，確定大家都準備好。

于恕：「藍青，妳的街舞練得如何？應該沒問題吧？」

藍青面露為難神色，她說擔心上臺一緊張，就會忘記舞步，立廣安撫著藍青，不要給自己太大壓力，盡量大膽放開，老師相信她會表現得很好。

此時工作人員過來，比賽馬上就要開始，請各位盡快準備喔！于恕率領著嚴浩、柳柳、雨芯坐在選手區一排。

藍青和 Yuki 在後台等待演出，曉東率領著思思、孫寶、路人甲坐在選手區另一排。

現場燈光亮起、音樂響起，Linda 盛裝走上台。

「各位線上的觀眾朋友、各位現場嘉賓、各位評審，我是 MF 設計總監 Linda，我在這裡正式宣佈「MF 扶青服裝設計大賽」第三關，也就是總決賽正式開始。」首先再度說明今天的賽制，就是參賽戰隊分別以舞蹈方式呈現比賽服裝，由評審團評分，佔總分數的百分之五十。

另外，在直播與重播的限制時間內，兩隊將評比線上觀看次數以及點讚分享，這部分也佔總分數的百分之五十，比賽競爭可說非常激烈。

「剛才在兩隊抽籤的結果，由 JTA 先表演，現在，有請 JTA 選手陳藍青出場，她要跳的是街舞。」節目開始，舞臺燈光暗，藍青出場站定舞臺中央，燈光一亮，音樂節奏一下，藍青在臺上的造型和舞蹈令眾人驚豔，藍青全力施展所學習的街舞，舞畢贏得全場觀眾熱烈掌聲。立廣在台下也露出欣慰與讚許的笑容。

「謝謝 JTA 隊的精采表演，不僅強調了服裝的線條，同時也表現出時尚感，請各位線上收看的網友，繼續給予點評。接下來，有請 DBG 戰隊登場。藍青坐回選手區，換 Yuki 登場。」

「歡迎 DBG 選手吳靜萱表演胡旋舞。」現場燈光暗下，Yuki 上臺擺好姿勢。燈光亮、音樂下，Yuki 開始跳起胡旋舞，未料一開始跳不久，孫寶居然跑上去跟著跳，十分搞笑，全場發出爆笑聲。曉東團隊被這突兀的舉動露出訝異的表情，孫寶怎麼跑上去攪和？

曉東：「孫寶？誰讓孫寶上去的？他在搞甚麼鬼？」

思思一臉訝異又生氣：「這完全超出流程掌控，等一下非得問個清楚。」所幸跳了一小段，孫寶就下去，Yuki 繼續跳下去，在越來越快的音樂與節奏聲中跳完胡旋舞，舞畢，Yuki 也坐回選手區。

Linda 再次登場：「謝謝兩個戰隊精彩的演出，確實相當精彩，也顯現了服裝的美與動感，我們的直播一直進行著，現在開始重播兩隊表演的影片，請所有線上的朋友幫忙轉發、點讚。」現場響起掌聲。

「我們中場將暫時休息一個小時，休息之後將請評審開會討論，公佈冠軍名單以及進行頒獎，大家不要走開，我們很快回來。」

立廣和于恕看著手機討論著戰況和流量。柳柳和雨芯過來誇讚藍青，剛才在臺上表現令人驚艷，沒想到藍青街舞居然跳得那麼好，不像惡補來的。

藍青：「還說呢，我都緊張死了！快看快看，現在觀看次數有多少？」

于恕：「現在我們跟 DBG 只差兩百多，重播演出影片的時間還沒到，應該還會衝上去。」

立廣：「今天藍青的表現和團隊設計的服裝相得益彰，我相信拿下冠軍的機會很大。」

嚴浩：「DBG 怎麼會讓孫寶上去胡鬧？完全破壞了 Yuki 跳的胡旋舞。」

柳柳：「我剛剛看到張曉東他們好像在罵孫寶，應該不是事先安排好的。」

雨芯：「你們看！現在重播到孫寶上臺攪局，觀看人數一下子衝上來，可見得還是很多人注意到孫寶跳舞。」

嚴浩：「也許是 DBG 故意出奇招，藉由話題蹭熱度，網友留言已兩極化，褒貶不一。」

于恕：「幸好藍青的街舞也開始往上衝，戰況真的很激烈。」藍青和嚴浩、柳柳、雨芯也緊張地看著重播片段。

設局

孫偉被兩名小弟架到龍哥的公司裡泡茶，龍哥笑瞇瞇地看著孫偉，龍哥拿起功夫茶壺，倒了杯茶在孫偉面前，請坐，喝茶。孫偉誠惶誠恐的對龍哥說，有甚麼事叫小弟告訴他就好，何必勞師動眾把他帶來這裡？龍哥：

「打電話給你你不接、傳簡訊給你你不回，我只好叫小弟把你請過來，你甚麼時候才能還錢？兩百萬連本帶利，現在已經欠到快五百萬了！」孫偉說上個月都還了二十萬了，還不夠嗎？龍哥冷笑了一聲：二十萬？連付利息都不夠，有這麼多手下要養，不還錢，我要怎麼養活這些小弟？孫偉：

「我所有的錢幾乎都已經拿來還債，真的榨不出一毛錢了！龍哥，請你高抬貴手，再寬容我一段時間，等我贏錢…喔！等我賺到錢，我就有錢還你了！」

還等到你贏錢咧，怎樣賭光輸光為國爭光！看你能不能活到那個時候，龍哥臉色一變，旁邊的小弟見狀，立刻把孫偉拳打腳踢一番，孫偉被打趴在地上不得動彈，孫偉吃痛呻吟著…龍哥慢慢泡茶，品了一口茶，這才慢慢說話。知道痛了齁…把他扶起來，兩個小弟把孫偉扶起來，坐回龍哥對面的位子上。

龍哥瞪著孫偉「沒錢有沒錢的方法，小弟回來告訴我說，你有個好朋友叫張阿發，是個有錢人，口袋很深，你為什麼不找他幫忙？」孫偉恨恨地說：「找阿發？算了！在他的眼裡早就信用破產了！他現在看我處處不順眼，根本不管我的死活。」龍哥接著說：

「既然你認識這位財神爺，我們當然要好好利用一下，我給你最後一次機會，讓你做個穩賺不賠的沒本生意，你最好乖乖聽話，否則，我不敢保證你會平平安安地活下去。」孫偉聽到心裡有點害怕。龍哥已經把他逼到走投無路，加上最近屢次被阿發責備，心想一不做二不休，是你先不仁的，別怪我。

就在阿發詰問孫偉三百萬裝潢款，是不是又從中搞鬼收回扣的事？孫偉喊冤又求饒，然後說千錯萬錯都是他的錯，為了表達他的誠意，他介紹阿發一個案子，希望他賺大錢。阿發問甚麼案子？孫偉：「我朋友介紹來的，有一位馬來西亞的富商華僑，姓林，他現在要找人一起在馬來西亞投資玻璃廠，我聽到這個消息就趕快告訴你，你有興趣的話，我可以安排你們見面。」

「馬來西亞華僑？甚麼來歷？」阿發問孫偉，先搞清楚背景再說。

「聽說這位林董之前在各國投資土地和房地產，賺了很多錢，雖然是華僑，但中文說得很好。最近他想引進台灣技術到馬來西亞開玻璃工廠，下星期就會來台灣，住在台中的大飯店，下週六可以跟我們見面，到時候我陪你一起去拜會他。」孫偉小心翼翼的回答。

「下星期六？那天我要參加「MF 扶青設計大賽」，替曉東加油打氣，恐怕沒時間去台中和林董見面。」阿發說。

「我兒子孫寶跟你們曉東同一隊，我也要去看總決賽啊！這樣吧！我們兩人同去同回，回到臺北正好直接趕去頒獎典禮現場。」孫偉回答，他把時間都打算好了。

阿發還有點猶豫，孫偉能言善道發揮到極點，不停的說服，已經有很多人想約林董見面談合作，就不要考慮了，他趕快去跟林董敲定時間，就這麼決定了！阿發說好吧！就跟孫偉去一趟台中。

週六這一天是「MF」扶青設計大賽的決賽日，孫偉和馬來西亞林總裁約好在台中大飯店見面，孫偉和阿發從台中高鐵站大門走出來，助理 Jerry 立刻迎上去。

「請問是孫總和張總嗎？我是林總裁的助理 Jerry，總裁派我來接你們，車子就在前面，兩位這邊請」Jerry 引導著。助理開車帶領兩人抵達台中大飯店行政套房。

飯店房間門打開，掛著滿臉笑的林總裁從裡面出來迎客，Jerry 帶著阿發和孫偉進來。雙方一陣寒暄後，孫偉自我介紹，跟總裁連絡的人是他，並幫林總鄭重介紹阿發。Jerry 立刻端出茶來，阿發問林總裁：「不知道想談哪種類型的合作項目？」

「是這樣的，我想在馬來西亞開玻璃工廠，廠區都是無塵室，聽說你是專家，所以和你見面談談看，也許我們有合作的機會。」林總裁說完，孫偉藉機跟他說，他先出去走走，不妨礙你們談生意，等你們談好之後再打電話給我，孫偉說完就先離開。

「結束之後會請助理跟孫偉聯絡」，林總回說。

「張總，聽說你在台灣天車做得非常好，尤其是無塵室天車？」林總裁恭維的說著，一邊把放在桌上的工程圖紙攤開給阿發看。

「是啊！我曾經去日本神內會社取過經，所以有學到這項技術。」林總裁把放在桌上的工程圖紙攤開給阿發看。林總：

「太好了！你看，這是我們工程圖紙，這裡是停車場：這裡是行政樓層：從這裡出入。」

此時門鈴響，Jerry 去開門，龍哥進來，後面跟著三名黑衣人。

「唉呦，有這麼大的生意，怎麼能把我忘了？」龍哥拉開嗓門誇張的說。

小弟甲：「這位是龍董，他和林總有約，要談合作案。」

「龍董，你好，這位是張總，我們正在看玻璃廠的工程圖紙。」林總裁向龍董介紹阿發。

「張總，我正要找你，沒想到世界那麼小，居然會在這裡碰到你。」阿發一頭霧水，納悶問道甚麼事？龍哥說裝潢款啊！阿發：「甚麼裝潢款？」龍哥示意小弟從公事包裡掏出一張合約和驗收單，上次你們辦公室找我們裝修，費用還沒給清啊！不信的話，這合約上寫得清清楚楚，還有你們的驗收單啊！龍哥把合約和驗收單秀給阿發看。孫偉不是已經給你們三百萬，全部付清了嗎？龍哥：

「誰說三百萬？是八百萬！看清楚！你還有五百萬沒有給我們。」阿發一愣，想起之前和孫偉的對話：

「不是我計較，是你太過分！你沒有一件事情辦得好，連我叫你找人來重新裝修公司，用料那麼差，也沒看到有甚麼裝潢，還敢給我開價三百萬，催我趕緊簽驗收單，你老實說，是不是你又從中搞鬼收回扣？那時孫偉回冤枉喔！我哪敢？好啦好啦，千錯萬錯都是我的錯，我向你道歉啦！為了表達我的誠意，我介紹你一個案子，希望你賺大錢。」

阿發恍然大悟，察覺自己步入陷阱中。

「林總，不好意思，請您迴避一下，我想借你的地方處理一下事情。」龍哥說。

「喔！好，Jerry，我們去隔壁的百貨公司逛逛，我順便去買一點東西，張總、龍董，你們慢慢談。」阿發眼睜睜看著林董離開，卻束手無策，龍哥和三名小弟和阿發僵持著，阿發拿起手機撥給孫偉，但手機進入語音。龍哥說有錢人，不用找孫偉，白紙黑字寫得清清楚楚。

「你們想怎樣？」阿發問。

「要你還錢呀！」龍哥狀似無賴的回答。

「那你們應該到我辦公室來才對啊！」阿發冷靜的說道。

「拜託，你們辦公室監視器那麼多……」阿發明白這是一個局，提醒自己要鎮靜，此時小弟倒杯茶給阿發，阿發哪裡敢喝，知道喝了肯定會昏過去，說了我不渴。

龍哥露出蠻橫嘴臉，既然不渴就打電話，請人把錢送過來嘛！阿發心裡抗拒，小弟甲過來，狠狠踹了阿發一腳，少廢話！老大叫你打你就打！飯店房間內，氣氛肅殺，阿發完全被龍哥挾持。另個小弟過來，老大叫你打電話，聽不懂嗎？好！我們幫你打！一把搶過阿發的手機交給龍哥，龍哥想滑開來看，不料手機被密碼鎖住，在龍哥和小弟逼迫下說出密碼，600816。

龍哥滑開阿發手機後檢視著聯絡人，卻找不到阿發老婆及家裡電話？阿發回我老婆他們在大陸。龍哥繼續滑到 LINE 和微信察看，也找不到甚麼留言，都刪除了！用戲謔的口氣說有錢人很小心嘛！後來滑到一個 Eric 的 LINE 上面停住。龍哥：

「這個 Eric 剛才有傳訊息給你，約你見面要談合作，你現在就打給他，叫他立刻送錢過來。」阿發回不用啦，錢他會還，龍哥示意，換小弟乙上前重重踢了阿發好幾下，龍哥按下通話鍵，以擴音方式把手機放在阿發面前。電話聲響著，龍哥對阿發說最好乖乖聽話，配合他的指令。此時電話那端 Eric 接起，阿發跟 Eric 說那個 NFT 他想賣掉，換個五百萬現金——Eric 回：「那個沒辦法喔，已經鎖住了」，即立刻掛掉電話。

龍哥冷笑幾聲，繼續滑手機，滑到一個趙董的名字，趙董，這應該也是有錢人，打打看。龍哥一樣按下通話鍵，放在阿發面前，但沒人接聽。龍哥不耐煩地把阿發的手機交給小弟甲。看來，只能請你移駕到我那裡泡茶了，別人的地方用太久也不好意思。龍哥看向小弟們，小弟們聽命，走到阿發面前，但阿發依舊坐著不動。小弟丙叫阿發起來呀！阿發不肯，小弟丙又踹了阿發一腳，強行把阿發拉起來，三名小弟前後圍住阿發，遮掩地脅迫著走出房門，龍哥以眼神和表情詢問小弟甲安排好沒，小弟點點頭，龍哥押後最後一個走出房間。

阿發、龍哥和三名小弟魚貫步出電梯，到了飯店一樓大廳，人來人往，阿發快速環顧一下大廳，飯店一角坐著三個黑衣人，見到他們出來，立刻站起身；飯店大門口停了一輛黑色廂型車，車門已打開，此時情勢有點緊張。阿發心想可千萬不能上車，否則就難逃陷阱，阿發用眼尾掃一下四周監視器的位置，藉口要上洗手間，叫他們先上車等他，小弟甲緊跟著阿發，廁所就在旁邊而已。

阿發立馬改變主意，沒關係，不上了！今天就住這裡了，不理會小弟甲，逕自走到櫃檯去，大聲說要一間房。龍哥等一行人全部都慢慢走向阿發，但礙於大廳客人多、又有監視器，不敢輕舉妄動。

阿發輕聲的跟櫃台小姐說他被挾持了，趕快找保全。櫃台小姐沒聽清楚重複一次甚麼？找保全？阿發趕緊大聲把小姐的話尾壓下去，怕被龍哥等一行人聽見，立即掏出信用卡給櫃台小姐，催促快一點。

小姐遞交了房卡給阿發，阿發故意拖拉、先看房卡房間號碼，再慢慢轉身，看電梯方向，此時電梯在一樓，已經有不少客人步入電梯，阿發眼見電梯門即將關閉，一個箭步衝進電梯，龍哥等人見狀要追，千鈞一髮之際，電梯門關上，龍哥一行人氣得搖頭頓腳。

電梯門一打開，阿發匆匆出電梯，找到自己的房間，連忙開門進去。進房後，將所有的門鎖全部反鎖，然後拿起電話報警，飯店經理帶著兩名員警來到房間。

員警甲：「張先生，你說你被設局恐嚇，又挾持你對你施暴毆打，手機也被對方扣留，請問你有沒有證據？人證或物證？」

員警乙：「我們調了房客紀錄，那間總統套房登記的人名確實是馬來西亞華僑林正義，我們問過了，他說房間借你們使用，他不在場，所以完全不知道這件事。」

阿發：「那麼突然，我哪有證據？龍哥這些人都已經籌畫好的，不信的話可以調出飯店監視器，相信可以查出這些人的背景。」

員警甲：「光憑您一面之詞，也沒有實際的犯罪證據，現場也沒有歹徒，張先生，我們會去蒐證，不過，如果你要備案，就得請你到分局做筆錄。」

阿發：「謝謝你們，但我現在有急事要趕回臺北，備案就改天吧。」

員警乙：「我們會下去大廳巡視，看看你說的這些人還在不在？經理，你們這裡還有甚麼地方，可以送張先生離開？」

經理：「我可以帶張先生從停車場離開，也會幫他叫好計程車。」飯店經理陪著阿發來到停車場，已經幫你叫好計程車，車子來了！

一輛計程車開過來，經理送阿發上車，並禮貌的致歉，讓您在我們飯店發生了這些事！您要去哪裡？阿發回答高鐵站。

經理：「司機先生，請把這位客人送到高鐵站。」張先生，實在抱歉，再見！

阿發見經理轉身離去，立刻跟司機說話。我不去高鐵站，請直接送我回臺北。

潮玩學苑

比賽中場休息一個小時後，螢幕上一邊重播著藍青的表演、另一邊重播著Yuki的舞蹈，以及孫寶上臺搞笑的畫面，網友們熱烈留言；咖啡店、街上、餐廳等等，顧客們都繼續紛紛從手機或電腦上觀看與討論這次的比賽；信義計畫區的大型廣告刊版上，也及時現場直播這場盛事，仍有不少路人駐足觀看。休息之後評審將開會討論，公佈冠軍名單以及進行頒獎。

此時，阿發已從台中大飯店脫險趕到比賽會場，會場大門前車水馬龍，阿發匆匆下車快步進入會場，發現已經進入評審階段，他十分關心賽況，忍不住駐足看著評審前的重播帶，正在重播兩隊表演的影片，兩隊線上的朋友都在快速轉發和點讚，DBG隊Yuki表演胡旋舞加上孫寶的搞笑攪局，這組流量大幅超前藍青的街舞表演。

忽然一則KGB網友在DBG的直播重播帶中留言：「**連安史之亂都出來了，DBG還能贏嗎？**」接著一大串網友留言：

「**安史之亂導致唐代失去大片江山，中國不容許被分割。**」這個留言一下子炸了鍋，引爆網友間的熱烈討論：

「長達七年多的安史之亂，造成唐朝人口大量喪失、國力銳減，⋯⋯」

「中國歷史上著名的安史之亂，主角之一就是安祿山，大奸大惡。」

「唐玄宗的「開元盛世」，就是因為安祿山叛唐，唐朝才會由盛轉衰。」

「胡旋舞在唐朝宮廷裡最流行，成為人人追捧的舞蹈。」

「楊貴妃和安祿山就是當時學跳胡旋舞最好的兩個人。」

「DBG 隊的胡旋舞和搞笑亂舞會不會太像楊貴妃和安祿山阿？」

一下子情勢逆轉，DBG 隊的胡旋舞紛紛退讚；JTA 隊藍青的街舞表演，後來居上，點讚流量一下子衝了上去。」

坐在選手區的 Yuki 也看到這段留言，怒氣沖沖的邊打電話邊往場外走，Yuki 對著電話那頭叫「爸爸，幹嘛來亂啦！甚麼安史之亂？這樣等於在唱衰我們 DBG 戰隊耶！你真的很煩耶！你開的這個玩笑一點都不好笑，我不想跟你講電話了！」Yuki 邊說邊走過阿發身後，往賽場門外走去。

阿發看到KGB的網友留言，心中一愣，KGB是當年吳董年輕時與阿發的約定代號，天底下哪會有這麼巧合的事？阿發一時之間沒有回應過來，但瞬間閃過腦際很快地把KGB和Yuki的電話連結在一起。Yuki正要掛斷電話的說話聲，阿發跑到會場外走廊，四下張望，阿發見Yuki講完電話，連忙問她：Yuki，請問妳的爸爸是不是叫吳育仁？正在氣頭上的Yuki沒好氣的說：「不是，我沒有這樣的爸爸！」阿發：「但是我剛才看到KGB留言，這應該是吳董⋯」

此時工作人員來找阿發，打斷了阿發的話，張先生，馬上就要頒獎了，Linda急得到處找你，請你趕快跟我一起回現場。阿發還來不及跟Yuki求證，就被拖走了，只留下Yuki。

會場舞臺燈光亮起、音樂響起，打扮美麗的Linda手持信封走上台。

「經過了連日來的激烈比賽，MF扶青設計大賽終於要選出冠軍，在評審的投票與討論之下，以及詳細參算網路觀看次數後，算出了成績，現在，答案就在手上的信封裡，我現在就要揭曉。」Linda定睛看著DBG隊，眼神又轉向JTA隊停了幾秒，兩隊都緊盯著她手中信封。

Linda拆著信封，全場一片肅靜，空氣中滿滿是緊張氣氛，兩隊參賽選手們個個屏息以待揭曉的那一刻。Linda拆開信封，看了台下一眼，公布：

「MF扶青設計大賽」的冠軍隊是JTA戰隊！

JTA 戰隊不敢置信，全隊歡呼，台下的立廣也開心鼓掌。Linda 請評審團代表莫妮卡設計師上臺講評。莫妮卡：

「謝謝大會，這次的比賽競爭非常激烈，兩隊的表現也非常優秀，DBG 以胡旋舞詮釋比賽服裝，從機能舞衣跳出胡旋風采，心思非常巧妙；JTA 的潮服從從勞動者的主題出發，到結合時尚的街舞，也非常吸睛，觀看次數高過 DBG 兩千一百零八次，經過評審團討論，由於網路流量 JTA 超前得出這個結論，恭喜 JTA 得到冠軍。」

原本當 MF 第三關舞藝風采輪到 DBG 隊 Yuki 表演胡旋舞時，加上孫寶的搞笑攪局，曉東這組流量大幅超前于恕團隊藍青的街舞表演，劇情反轉來自網友的留言：「安史之亂導致唐代失去大片江山，中國不容許被分割。」之後網路流量 JTA 反而超前 DBG 隊。

Linda 謝謝，辛苦的評審團們，緊接著，她要請「MF 扶青設計大賽」大會主席張阿發先生上臺頒獎。阿發上臺，曉東和孫寶、思思、藍青、立廣見狀感到詫異。

「這次比賽獎金五百萬元由海外慈善基金會提供，贊助人就是這位張阿發先生，目的在於提供對服裝設計有興趣的年輕人一個發揮的平台，同時扶持年輕人夢想。」我們現在請 JTA 團隊上來領獎。

于恕戰隊全部上前接受阿發頒獎，全場熱烈鼓掌。

「恭喜JTA！也請回到選手區休息，」于恕戰隊回到選手區。現在，我們再次以熱烈的掌聲歡迎張阿發張主席致詞，全場熱烈鼓掌。

「大家好，我是張阿發，我今天非常高興，很多年前，因為我的恩人吳董，帶著他的女兒來我工作的地方，他女兒講了一句要做衣服給爸爸穿，所以，在我苦尋恩人卻毫無所獲時，決定辦這場服裝設計大賽，不僅扶青，也想從服裝大賽中，尋找出那個要做衣服給吳董的千金，剛才願望成真，我似乎找到人了！」

台下的曉東和思思、藍青露出訝異的表情，原來這場比賽的背後有洋蔥。

阿發：「我自幼在窮苦人家生長，白手起家，一路走來有許多的恩人幫助，我一直抱持著感恩的心，希望回報恩人、回饋社會，今天真的是很特別的日子，也看到這些年輕人們，在這次的比賽中成長、學習，我非常開心，所以我要在這裡宣佈一個新計劃。」這個計劃就是「雅禮學院」將與MF合作成立一個銷售平臺，取名為「潮玩學苑」，而平臺推出的第一個合作服裝品牌，名稱就定為「JTA」！

雅禮學院王立廣老師帶領于恕及藍青等學生組成的JTA戰隊榮獲「MF」扶青設計大賽的冠軍，校長特地在雅禮學院會議室舉辦表揚大會，立廣的心裡非常感慨，之前在這裡開會，他總是被排擠或是被責罵，此時此刻站在這裡，卻是榮耀的一刻，今非昔比，他閃耀著自信光芒，眉宇之間散發出藝術文青的氣息，取得競賽成功後，他開始肩負起如何創造品牌與學校的建教合作，招募更優秀的學生，雅禮學院一夕間成為優秀名校。

于恕等人回到教室，五位認真又有才華的學生，他們從比賽之初到現在，經歷了許多風風雨雨，到最後承受著壓力，得到了冠軍，為雅禮學院爭光，讓雅禮學院能夠和 MF 合作，他們也即將畢業，邁入新的人生階段，五位戰友揚眉吐氣，想到比賽過程學校的態度，相較現在，落差真的很大。

藍青：「生氣不如爭氣，我們做給他們看，他們就知道不能小看我們這些年輕人。得了冠軍，大家就不怕畢業找不到工作了。」于恕牽起藍青的手，藍青現在是他的女朋友，有了獎金也有了愛情，兩人接受同學們的祝福。

決賽落敗後曉東和思思怒斥孫寶，這麼重要的比賽，怎麼可以上臺去搞破壞？比賽不是兒戲，就算是臨時安排，也應該告訴大家，這都是賽前可以商量的，自己這樣作太不尊重團隊，平常搞笑就算了，怎麼輕重不分，臨時起意跑上臺去跳舞，Yuki 幫著緩頰，因她腳傷還沒復原，的確也會影響這次的比賽，孫寶只是好心想減輕她的負擔，路人甲也說孫寶上去跳一下舞，網路觀看人數增加很多。

曉東等人回到工作室，士氣低迷。

路人甲：「用心準備了那麼久的比賽，結果一場空，真是白忙一場。」

曉東：「不要灰心，雖然沒有得名，但是過程中我們都學習到很多，這比得第一名還重要。」擔任隊長的曉東其實比任何人更失落，但還是安撫著隊員。

Yuki：「對不起，我的胡旋舞沒有跳好，我們才會輸給 JTA。」

孫寶：「妳盡力了，連腳受傷還是堅持上陣，在我們的心裡，Yuki 已經是冠軍了。我也是，打亂表演，或許有扣分吧，抱歉。」

思思：「比賽都已經結束了，現在說這些也沒用，反正比賽不是輸就是贏，也許下次我們再參加比賽，就會拿到第一名。」

曉東：「沒贏，妳的壓力一定很大，有甚麼計畫嗎？」

思思：「我會先試著找服裝設計的工作，開始學著經濟獨立。」曉東誇讚思思很有服裝設計的天分和實力，相信她一定很快能達到目標。思思回謝謝鼓勵，她對自己也很有信心。

「潮玩學苑」銷售平臺公司正式開張，現場鞭炮聲響起，眾人全部到場祝賀、剪綵，一片喜氣洋洋，于恕帶領著團隊到場，激動著，向阿發承諾一定會努力把 JTA 這個品牌打響。

柳柳：「是啊！我們五人都是基本班底，一定會好好發揮己長。」

阿發：「「潮玩學苑」銷售平臺開張是一個宣誓，最重要需要有運作機制及專業的行銷高手來帶領，引入關鍵資源和助力，JTA 五人班底是生力軍，發揮創意互相激盪合作，這才是扶青的實質意涵，好好加油喔！」

藍青打從心裡感謝張阿發，不僅資助母親醫藥費，不時對年輕人鼓勵，由衷說道：「張叔叔，謝謝您！」于恕默默站在藍青身邊，兩人比肩，十分親暱，不時低聲細語。

曉東看著于恕和藍青，表情有點複雜，于恕看到後，主動走過去打招呼。

「曉東，你是非常可敬的對手。一開始只以為你頂著國外學歷回來，還開一台那麼好的跑車，肯定沒什麼真才實學，沒想到你帶領 DBG 做出這麼精彩的翻轉作品，」曉東謙虛的表示這只是團隊共同的心血！于恕很真誠的說：

「如果沒有你的領導能力，他們也不一定能發揮所長。而且，DBG 融合了很多藝術文化概念，要是沒有你豐厚的文化底蘊和敏銳的眼光，是做不到的。」曉東被于恕稱讚有點害羞，不知所措了起來。曉東大力拍了一下于恕的背，開玩笑地說「喂！不要老是一副跩個二五八萬的樣子，不然再有才華，也沒幾個團隊受得了，先說好啦，要是不好好善待他們，可是會把他們都挖角過來喔！」曉東眼神掃過JTA團隊，最後在藍青身上停留了一下。

于恕上前向曉東伸出手，不會讓你得逞的，畢竟你是可敬的對手，曉東上前握住手。兩人相視而笑，從一開始的尬車、競賽、對藍青表白，到如今的惺惺相惜，兩人不打不相識，相互切磋成長，到最後也有一點英雄惜英雄的意味。曉東說他會去北京住一陣子，省親，也見見世面，現在通訊軟體發達，大家隨時保持聯絡，曉東克制著情感，露出微笑。

阿發恭喜立廣所帶領的比賽隊伍得到冠軍，立廣感謝阿發的鼓勵，他才能重新振作。阿發：「潮玩學苑」需要你協助，我會留一個職務給你，大家一起共創未來。」立廣感動地說：「阿發，我們是永遠的兄弟。」人生縱使有許多高低起伏、風風雨雨，終究會雨過天晴，等到陽光。

阿發告訴丹丹和曉東被孫偉設局的驚險經過。

丹丹：「我早就告訴過你，孫偉那個人不是什麼好東西！大輪湘菜館那個爛攤子不也是他搞的？積欠工資、和酒商亂搞，連我也來幫忙才能讓館子順利經營下去！這次好了，還直接讓你陷入危險！」

曉東：「爸，我沒想到孫叔叔居然會和黑道聯手，設局挾持你，你們那麼多年的交情，他怎能做這種事？」

阿發：「是啊！一直在想為什麼孫偉會這樣對我，心裡很難過，從年輕到現在，我已經幫他解決過無數次麻煩，我在想，是不是他習以為常，所以就不珍惜我們的情誼，認為我做的都是應該的。」

丹丹：「我之前就提醒過你，你偏偏不聽，現在證明我說的沒錯吧！」

阿發：「我也知道，他被員警抓走，免不了會有牢獄之災，希望他在獄中能悔悟，改邪歸正。」心有所思，孫偉其實並沒有那麼壞。

丹丹：「那我可不管。對了曉東，現在比完賽了，你下一步怎麼打算？」

曉東：「唉，說起這個比賽，爸，你也太深藏不露了吧？連我跟你住在一個屋簷下，都沒發現你就是幕後的贊助者！你還問了我那麼多比賽的事！很尷尬欸。」

阿發：「不過我看，你也透過這個比賽學到很多，不是嗎？」露出肯定的笑容。

曉東：「是啊，比賽讓我遇到不同的好手，也認知到自己有許多不足的地方，更重要的是，因為這個比賽，我知道了很多爸爸的故事！這才明白爸白手起家的全部過程，果然我還只是乳臭未乾的毛頭小子而已。」

阿發：「那你現在，還想開遊戲公司嗎？」手拍著曉東。

曉東：「還是想呀！但我覺得，自己還需要多學習很多事情，我之前都只是待在自己的舒適圈…」眼神堅毅的解釋。

丹丹：「曉東呀，你看你這剛比完也還有時間，不然趁這段空檔，咱們回去北京陪陪姥姥姥爺，順邊看看樂樂那丫頭，如何？北京是個大城市，也有許多你可以學的東西！」

曉東欣然答應，他也想換個城市住看看，北京發展快速，電競產業也很厲害呢！

孫寶來到阿發的辦公室，他爸涉及一樁勒索案，他和一群同黨都被員警抓了，孫寶求助阿發向法官求情，希望阿發念著幾十年的舊情，可以網開一面！

阿發來到看守所探視孫偉，說道：你怎麼可以幹這種事，我對你不好嗎？孫偉：

「我知道錯了，這些年來你的幫助我一直放在心裡，見到你沒事，我心裡有好過一點。」孫偉囁囁嚅嚅的向阿發拜託一件事，希望有空幫他關心一下孫寶。

阿發對孫偉這麼多年來被自己的行為搞到妻離子散，真的很無言。

當年孫偉被趕回台灣後，為了家裡經濟三個小孩讀書的學費，只好再度回到八大行業的酒店工作，不過年紀大，不太適合做服務員，剛好樂隊為缺了一名歌手，孫偉演唱時而被客人羞辱但還是忍下來，有時收入太少白天還得跑到紅包場代班歌唱，隨著小孩越來越大家裡開銷十分沉重，因此生活一度過得非常辛苦。

阿發十年前經過西門町，看到歌廳外頭的海報，發現孫偉在紅包場唱歌，阿發好奇進去裡面點了杯茶，看到因生活陪著笑臉的孫偉在臺上，他請服務員打賞紅包，下了台的孫偉看到阿發，從沒看過他哭得那樣傷心，阿發決定拿錢讓孫偉開家炸雞店；開了炸雞店的孫偉，經常到學校送雞排，也因此當上了雅禮學院家長會長，沒想到在雅禮還常仗著權力作威作福，又和大陸的李媛藕斷絲連牽扯不清，搞到離婚收場，這次居然敢把腦筋動到他頭上。

孫偉聲淚俱下說知道錯了，出去會好好做人，看到孫偉現在的狀況，阿發的惻隱之情再度陷入思考是否還要再拉他一把？

《後　記》

MF扶青大賽風光落幕，勝負之後是否歲月靜好，各自開展人生？
立廣取得競賽成功後人生是否從此順風順水？
潮玩學苑成立後能順利上軌道？
KGB在第三關安史之亂的留言為什麼引起Yuki這麼生氣的反應？
KGB是吳董與阿發年輕時的約定代號，難不成就是一直要尋找的恩人吳董？

立廣取得競賽成功，接受學校表揚，也開始肩負起如何創造品牌與學校的建教合作，招募更優秀的學生，雅禮學院成為優秀名校。

當年因哥哥在雅禮當院長，推薦立廣到雅禮當老師的惠美，一直對立廣深情不移。在MF扶青大賽後，惠美兒子天羽跑到學校找到立廣，告知母親病重，立廣非常著急，馬上趕到醫院。此時的立廣一心想救惠美，無心JTA的發展，而潮玩學苑開幕式允諾阿發的承諾，如今怎麼辦？

同為直播網紅的珍妮花原來和 Yuki 是姊妹，Yuki 在比賽過後，把胡旋舞配上流行音樂，讓胡旋舞可以走入群眾，就好像劉畊宏以周杰倫的本草綱目，配合鍵子舞。果然帶動風潮。阿發來到西門町找到 Yuki 直播室，問起 Yuki 與吳董的關係，是不是小時候去過重機訓練中心看過吊酒瓶，Yuki 疑惑的回答：「從沒看過。」，阿發覺得奇怪，此時發覺 Yuki 手臂上沒有胎記，到底吳董的女兒在哪？

潮玩學苑推出第一個品牌 JTA 潮 T，于恕與藍青將分得的獎金成立了門市，品項上打著向偉大者致敬，一系列商品，並且結合了圖騰 Logo 上運動器材滑板、啞鈴及拉力器等，在第一批量產時，全部滯銷，對於市場行銷一竅不通…

于恕想借由 Linda 品牌行銷強項，一群年輕人來到 MF 門市請求幫忙。

Linda 因為第三關的賽事，被網民留言比賽不公，Linda 離開 MF 到一家健身中心擔任有氧拳擊助教，原來 Linda 還沒到 MF 之前，就有武術愛好，除了助教還開啟直播，教導線上課程，擁有許多粉絲。

Linda 會幫忙嗎？

阿發、立廣、孫偉這三十年的好朋友接下來會有什麼樣的愛恨交織呢？（續待）

國家圖書館出版品預行編目資料

扳手阿發：扶青新世代 引領潮未來 / 張家現作 .
-- 初版 . -- [臺北市] : 張家現 , 2022.09
面；　公分
ISBN 978-626-01-0521-1(平裝)

863.57　　111014683

扳手阿發—扶青新世代 引領潮未來

作者 / 張家現
發行者 / 張家現
企劃撰文 / 周玉娥
初版一刷 / 2022 年 09 月
定價 / 新台幣 330 元
ISBN / 978-626-01-0521-1(平裝)

總經銷 / 全華圖書股份有限公司
地址 / 23671 新北市土城區忠義路 21 號
電話 / (02)2262-5666
郵政帳號 / 0100836-1 號
圖書編號 / 10533
全華網路書店 Open Tech / www.opentech.com.tw
若您對本書有任何問題，歡迎來信指導 book@chwa.com.tw